Dangereuse tentation

NORA ROBERTS

Dangereuse tentation

éditions Harlequin

Titre original : THE WELCOMING

Traduction française de CAROLE PAUWELS

HARLEQUIN®
est une marque déposée par le Groupe Harlequin

BLACK ROSE®
est une marque déposée par Harlequin S.A.

Photos de couverture
Couple : © JAMES DARELL / GETTY
Paysage : © THIERRY DOSOGNE / GETTY

Si vous achetez ce livre privé de tout ou partie de sa couverture, nous vous signalons qu'il est en vente irrégulière. Il est considéré comme « invendu » et l'éditeur comme l'auteur n'ont reçu aucun paiement pour ce livre « détérioré ».

Toute représentation ou reproduction, par quelque procédé que ce soit, constituerait une contrefaçon sanctionnée par les articles 425 et suivants du Code pénal.

© 1989, Nora Roberts. © 2007, Harlequin S.A.

83/85, boulevard Vincent-Auriol 75646 PARIS CEDEX 13.
Service Lectrices — Tél. : 01 45 82 47 47
ISBN 978-2-2800-3985-7 — ISSN 1950-2753

1

Tout ce dont il avait besoin se trouvait dans le sac à dos jeté en travers de son épaule.

Y compris son .38.

Si tout se passait bien, il n'aurait pas à s'en servir.

Roman sortit une cigarette du paquet chiffonné qu'il gardait dans la poche poitrine de sa chemise et se plaça dos au vent pour l'allumer.

En voyant un jeune garçon, qui devait avoir dans les huit ans, qui courait le long de la balustrade du ferry en ignorant avec une joyeuse insouciance les appels de sa mère, Roman se surprit à éprouver un sentiment d'empathie pour l'enfant.

Il faisait froid. La morsure du vent qui soufflait au large de Puget Sound n'évoquait assurément pas le printemps, mais la vue était absolument époustouflante. Les esprits timorés trouveraient sans doute plus confortable de rester assis dans le vaste salon vitré, mais l'expérience, de toute évidence, s'en trouverait ainsi largement diminuée.

L'enfant fut empoigné sans ménagement par la jeune femme aux joues roses, dont le nez s'empourprait à vue d'œil. Roman les écouta se disputer tandis qu'elle tentait de ramener l'enfant à l'intérieur.

Ah, la famille ! songea-t-il. Parvenir à conserver des relations harmonieuses relevait du miracle.

Se désintéressant du sujet, il s'accouda à la rambarde et termina paresseusement sa cigarette tandis que le ferry passait au large d'un bouquet de petites îles.

Ils avaient laissé derrière eux la silhouette urbaine de Seattle, mais on distinguait encore le contour massif des montagnes de l'Etat de Washington se découpant sur le ciel d'un bleu que ne venait troubler aucun nuage.

Quelques passagers, osant braver le froid, arpentaient le pont en bavardant. D'autres s'agglutinaient sur les bancs pour offrir leur visage aux timides rayons de soleil, tout en se laissant bercer par le clapotement des vagues contre la coque. Et cependant, il se dégageait de ces lieux une angoissante impression de solitude.

Roman, quant à lui, préférait la ville, avec son rythme effréné, sa foule, son énergie, son anonymat. Il en avait toujours été ainsi. Et il avait beau se creuser la tête, il ne parvenait pas à s'expliquer d'où lui venait cette impression d'extrême lassitude, ni pourquoi il en éprouvait si durement le poids à cet instant précis.

Le travail.

Durant toute l'année qui venait de s'écouler, il avait mis ce sentiment de malaise sur le compte de son travail. Le stress était pourtant quelque chose qu'il avait toujours accepté, pour ne pas dire recherché. Il avait toujours pensé que la vie serait monotone, voire inutile, sans un minimum de pression. Mais ces derniers temps, le rythme s'était dangereusement accéléré. Il n'avait cessé de déménager au gré de ses missions, emportant peu de chose avec lui, ne laissant presque rien derrière.

Il était temps de passer à autre chose, pensa-t-il, tout en regardant un bateau de pêche avancer lentement dans un assourdissant bruit de moteur.

Il devait sérieusement envisager de se recycler.

D'accord, mais pour faire quoi ? se demanda-t-il avec agacement, tout en expirant un anneau de fumée.

Il pourrait se mettre à son compte, créer peut-être sa propre agence de détectives. Il avait vaguement caressé cette idée, mais sans y croire.

Il pourrait aussi voyager. Il avait déjà fait le tour du monde, mais ce serait sans doute différent de jouer les touristes.

Comme un passager s'approchait de lui avec une caméra, il lui tourna immédiatement le dos et fit quelques pas pour s'écarter de son angle de vue. Selon toute vraisemblance, la précaution était inutile, mais sa réaction avait été instinctive. Tout comme l'étaient sa vigilance et l'attitude désinvolte derrière laquelle se cachait une réactivité sans cesse en alerte.

Et pourtant, personne ne lui prêtait véritablement attention, même si quelques-unes des passagères s'étaient retournées sur lui, enveloppant d'un regard appréciateur sa silhouette puissante et nerveuse, que la veste de tweed avachie et le jean usé ne parvenaient pas totalement à dissimuler.

Sa prochaine mission promettait d'être facile. La routine.

Au moment où cette pensée lui traversait l'esprit, il entendit l'appel signalant les manœuvres d'abordage et rajusta les sangles de son sac à dos.

Routine ou pas, c'était à lui que la mission avait été confiée.

Comme toujours, il ferait de son mieux pour la mener à bien, et il remplirait consciencieusement son rapport. Puis il prendrait quelques semaines de vacances pour réfléchir à ce qu'il voulait faire du reste de sa vie.

Il fut parmi les premiers à débarquer, évitant ainsi d'être ballotté par la foule.

Une odeur puissante et sauvage de fleurs se mêlait au relent âcre et fangeux de l'eau. La végétation non domestiquée s'épanouissait avec luxuriance, ajoutant au décor une note de romantisme qui ne laissa pas Roman insensible, lui qui n'était pourtant pas du genre à prendre le temps de respirer le parfum des roses.

Les voitures émergeaient de la cale et remontaient la rampe, emmenant leurs occupants vers une destination connue d'eux seuls. D'autres passagers attendaient leur tour pour embarquer à destination d'une des différentes îles, ou pour un périple plus long et plus froid vers la Colombie-Britannique.

Prenant une nouvelle cigarette, Roman l'alluma, puis jeta un coup d'œil nonchalant autour de lui, notant les jardins éclatants de couleurs, le charmant petit hôtel à la façade blanche et les panneaux d'informations touristiques.

A présent, ce n'était plus qu'une question de temps.

Ignorant l'envie qui le taraudait depuis quelques minutes de boire un café, il se dirigea vers la zone de stationnement.

Il n'eut aucun mal à repérer la camionnette bleue et blanche avec son logo « Auberge de la Baleine » peint sur le côté.

Maintenant, c'était à lui de jouer.

Et en principe, cela ne devrait pas présenter de difficultés majeures puisque tous les détails avaient été réglés. Dans le cas contraire, il trouverait bien une solution.

Ralentissant le pas, il se pencha et feignit de resserrer le lacet de sa chaussure.

Les voitures en attente d'embarquement

commençaient à être chargées, et les passagers à pied se trouvaient déjà sur le pont. Il n'y avait désormais pas plus d'une douzaine de véhicules sur le parking, y compris la camionnette.

Il déboutonnait sa veste quand il aperçut la jeune femme.

Ses cheveux étaient tirés en chignon — contrairement à la photographie qui se trouvait dans son dossier où elle les portait détachés — et elle semblait plus blonde au soleil. Malgré les lunettes de soleil à large monture d'écaille qui masquaient une partie de son visage, il savait, en observant la ligne délicate de la mâchoire, le nez fin et droit, la bouche pleine et sensuelle, qu'il ne faisait pas erreur.

Les renseignements dont il disposait à son sujet étaient très précis. Elle mesurait un mètre soixante-cinq, pesait quarante-huit kilos, était mince et musclée. Ses vêtements étaient assez quelconques — jean, bottillons de marche en croûte de cuir, grosse veste de laine ivoire à torsades portée sur une chemise bleue probablement assortie à ses yeux.

Elle marchait d'un pas décidé, jouant d'une main avec ses clés, retenant de l'autre un grand sac de toile balancé sur son épaule. Il n'y avait rien d'aguichant dans sa démarche, mais un homme ne pouvait pas manquer de la remarquer. De longues enjambées souples, un subtil balancement des hanches, la tête haute, les yeux portés droit devant elle.

Oui, un homme ne pouvait pas manquer de la remarquer, se répéta Roman en jetant sa cigarette d'une chiquenaude. Et il était persuadé qu'elle en avait conscience.

Il attendit qu'elle soit arrivée à la hauteur de la camionnette avant de se diriger vers elle.

Charity cessa de chantonner en apercevant son pneu avant droit et laissa échapper un juron. Puis, donnant un coup de pied rageur dans le-dit pneu, elle se dirigea vers le coffre pour y prendre le cric.

— Vous avez un problème ?

De surprise, elle faillit laisser tomber l'outil et pivota sur ses talons.

Un dur à cuire...

Ce fut la première pensée qui traversa l'esprit de Charity quand elle découvrit l'inconnu.

Une main enfoncée dans la poche de son jean, l'autre enroulée autour de la sangle de son sac à dos, il plissait les paupières, aveuglé par le soleil, tandis que la brise jouait dans ses cheveux noirs et drus, rabattant sur son front hâlé une mèche rebelle.

Elle se fit la réflexion que ses traits anguleux manquaient de douceur. Mais, s'il n'était pas vraiment beau, le visage implacable ombré d'une barbe naissante n'était pas sans attraits.

Elle esquissa un sourire.

— On peut dire ça. J'ai un pneu crevé. Je viens de déposer une famille de quatre personnes au ferry, dont deux des membres ont moins de six ans et me semblent bien partis pour la maison de redressement. La plomberie est à refaire dans l'unité 6 et mon homme à tout faire vient de gagner à la loterie. Et vous ? Tout va comme vous voulez ?

L'air vaguement amusé, il désigna le pneu d'un signe de tête.

— Vous voulez que je vous le change ?

Charity aurait pu le faire elle-même, mais elle n'était pas du genre à refuser de l'aide quand on lui en proposait. En outre, il le ferait sans doute plus vite qu'elle, et il semblait avoir grand besoin des cinq dollars qu'elle lui donnerait pour le dédommager.

— Merci.

Elle s'avança pour lui tendre le cric puis sortit une pastille au citron de son sac. La journée avait été chargée, et elle n'avait pas pris le temps de déjeuner.

— Vous venez d'arriver ? demanda-t-elle.

— Oui.

Malgré son peu de goût pour les conversations à bâtons rompus, Roman avait conscience qu'il se devait de faire un effort. Puisqu'elle semblait décidée à sympathiser, autant qu'il en profite. Et puis, chose que son dossier ne mentionnait pas, elle avait une voix infiniment troublante. Veloutée et sensuelle comme le moka qu'on vous servait à La Nouvelle-Orléans.

— Je me balade un peu en ce moment, expliqua-t-il. Je pensais passer quelques jours à Orcas pour voir les baleines.

— Alors, vous êtes au bon endroit. J'en ai justement aperçu hier de ma fenêtre.

Charity prit appui contre la camionnette et observa les mains de l'inconnu. Fortes, compétentes, rapides. C'était un bon point pour lui. Elle appréciait qu'un homme sache s'acquitter avec efficacité des tâches manuelles.

— Vous êtes en vacances ? demanda-t-elle.

— Non, je me contente de voyager. Quand je peux, j'essaie de faire des petits boulots ici et là. D'ailleurs, vous connaissez peut-être quelqu'un qui cherche de l'aide ?

— C'est possible.

Elle l'étudia avec une moue dubitative tandis qu'il ôtait la roue.

— Quel genre de travail recherchez-vous ?

— Oh, un peu de tout.

Il se redressa, laissant une main sur le pneu pour le retenir.

— Où est la roue de secours ?

— Pardon ?

D'un vert très pâle, ses yeux n'atténuaient en rien son apparence ténébreuse, et il suffisait d'y plonger le regard pour être hypnotisé. Et elle l'était...

— Le pneu...

Un coin de ses lèvres se retroussa en un sourire forcé tandis qu'il ajoutait :

— Il faut le changer.

— C'est vrai. Vous avez besoin de la roue de secours... Je vais la chercher.

Secouant la tête devant sa propre stupidité, elle se dirigea vers l'arrière de la camionnette et se pencha dans l'ouverture de la double porte.

— Laissez-moi faire, proposa-t-il.
— Si vous voulez.

N'ayant pas conscience qu'il se trouvait juste derrière elle, Charity le percuta de plein fouet au moment où elle pivotait sur elle-même.

— Pardon ! s'exclama-t-elle, confuse.

Il la retint par le bras pour l'empêcher de perdre l'équilibre et ils restèrent un moment à s'observer, les paupières plissées afin de lutter contre le soleil. Puis il grimpa à l'arrière de la camionnette, s'agenouilla sur le sol poussiéreux, et entreprit de décrocher la roue de secours fixée à l'une des parois latérales.

Charity relâcha alors son souffle, et constata qu'elle avait les nerfs moins solides qu'elle ne l'aurait cru.

— Oh, faites attention aux...

Trop tard !

Elle grimaça en voyant l'homme s'asseoir sur ses talons et tenter de décoller de son genou les restes d'une sucette à la cerise.

— Désolée... C'est un souvenir d'Orcas Island laissé par Jimmy MacCarthy, alias l'exterminateur, un dangereux délinquant de cinq ans.

— J'aurais préféré un T-shirt publicitaire.

— Oui, je vous comprends.

Charity récupéra le magma gluant, l'enveloppa dans un mouchoir et fourra le tout au fond de son sac.

— Nous sommes presque une pension de famille, expliqua-t-elle, tandis qu'il réapparaissait avec la roue de secours. Dans l'ensemble, c'est plutôt agréable d'être entouré d'enfants, mais de temps en temps, vous tombez sur un duo infernal comme Jimmy et Judy, et il vous prend l'envie de transformer le gîte en station-service. Vous aimez les enfants ?

Il jeta un coup d'œil dans sa direction tandis qu'il mettait la roue en place.

— De loin uniquement.

Elle rit, séduite par son sens de l'humour.

— D'où venez-vous ?

— De Saint Louis. Mais je n'y retourne pas souvent.

— De la famille ?

— Non.

La façon dont il l'avait dit éveilla la curiosité de Charity. Pourtant, elle ne se serait pas davantage permis de le questionner qu'elle n'aurait osé jeter par terre la sucette couverte de poussière. C'était une question de principes.

— Moi, je suis née ici. Chaque année, je me

dis que je vais m'accorder six mois de vacances pour voyager. N'importe où...

Elle haussa les épaules, le regardant resserrer le dernier boulon, et ajouta :

— Je ne sais pas comment je m'organise, mais je n'y arrive jamais. De toute façon, c'est une région magnifique et je m'y sens bien. Si vous n'êtes pas attendu ailleurs, vous n'aurez sans doute pas envie de repartir aussi vite que vous l'aviez prévu.

Il se redressa pour aller ranger le cric.

— Pourquoi pas ? Tout dépend si je trouve du travail et un endroit où rester.

Cette remarque alla droit au cœur de Charity. Comme son prénom le laissait supposer, elle avait reçu une éducation prônant des valeurs de charité et d'entraide, et elle se sentait le devoir de faire quelque chose pour cet homme.

Cela n'avait rien d'un coup de tête. Elle l'avait étudié sous toutes les coutures pendant dix minutes et avait largement eu le temps de se faire une opinion.

Et puis, après tout, la plupart des entretiens d'embauche prenaient moins de temps que ça. Sa silhouette puissante et son regard intelligent — bien qu'assez déconcertant — lui inspiraient confiance. Et, à en juger par l'état de son sac à dos et de ses chaussures, il n'était pas dans une période de chance.

Quant à elle, elle avait justement un problème urgent à régler.

— Vous êtes doué de vos mains ? lui demanda-t-elle.

Il lui adressa un sourire ironique.

— Mouais, plutôt doué.

Charity sentit son pouls s'accélérer tandis qu'il l'enveloppait d'un regard appuyé.

— Je voulais dire, avec des outils, s'empressa-t-elle d'expliquer. Marteau, scie, tournevis... Pouvez-vous faire un peu de menuiserie, des réparations courantes ?

— Bien sûr.

— Comme je l'ai dit, mon homme à tout faire vient de gagner une très grosse somme à la loterie. Il est donc parti à Hawaii pour boire des cocktails et parfaire ses connaissances en matière de Bikini. En d'autres temps, je me serais réjouie pour lui, mais nous sommes en pleins travaux de rénovation de l'aile ouest. Si vous vous y connaissez en pose de cloisons alvéolaires et en ragréage de sols, je peux vous offrir le gîte et le couvert, et un salaire de cinq dollars de l'heure.

L'inconnu esquissa un sourire.

— Je crois que nous venons tous deux de trouver une solution à notre problème.

— Parfait.

Elle lui tendit la main.

— Je m'appelle Charity Ford.

— Dewinter. Roman Dewinter.

Il pressa sa paume avec fermeté.

— Eh bien, Roman...

Elle lui ouvrit la portière d'un geste empressé.

— Bienvenue à bord.

C'était facile, presque un peu trop.

En proie à un étrange sentiment de culpabilité, Roman prit place sur le siège passager.

Elle ne semblait pourtant pas naïve.

Cela dit, les apparences pouvaient être trompeuses. Il était bien placé pour le savoir.

Il alluma une cigarette tandis qu'elle quittait le parking et se réjouit d'être parvenu à ses fins sans avoir dû se creuser exagérément la cervelle.

— Mon grand-père a construit l'auberge en

1938, expliqua Charity, tout en baissant sa vitre. Il a fait par la suite des travaux d'agrandissement, mais ça reste foncièrement un gîte. Nous ne pouvons pas nous résoudre à appeler cela un complexe touristique, même sur les brochures. J'espère que vous aimez les endroits isolés.

— Cela me convient très bien.

— Moi aussi. Enfin, la plupart du temps.

Il n'était pas bavard, se dit Charity avec un demi-sourire.

Mais ce n'était pas très grave. Elle était capable de parler pour deux.

— Il est encore tôt dans la saison, et nous sommes loin d'être au complet, reprit-elle en posant son coude sur la portière. Vous devriez avoir pas mal de temps libre pour visiter les environs. La vue depuis le Mont Constitution est vraiment spectaculaire. Ou, si vous aimez ça, nous avons aussi des sentiers de randonnée.

— Je pensais aller faire un saut jusqu'à Vancouver.

— Rien de plus facile. Le ferry assure la liaison. D'ailleurs, nous travaillons beaucoup avec des groupes de touristes qui font l'aller-retour.

— Nous ?

— L'auberge. Pop, mon grand-père, a construit

douze chalets dans les années 60. Ils sont très rustiques, mais les touristes adorent ça. Nous avons un tarif spécial pour les groupes qui inclut la location et les repas. En ce moment, nous accueillons un groupe par semaine, mais en pleine saison, ça peut aller jusqu'au triple.

Le silence retomba tandis qu'elle s'engageait sur une route étroite et tortueuse, maintenant prudemment sa vitesse à 70.

— C'est vous qui dirigez le gîte ? demanda Roman.

— Oui. Autrefois, je n'y travaillais que pendant mes vacances. Et quand mon grand-père est mort, il y a trois ans, j'ai pris la relève.

Elle marqua une pause, la gorge serrée.

— Cet endroit était tout pour lui. Et puis il adorait rencontrer des personnes nouvelles chaque jour, leur rendre le séjour agréable.

— Je suppose que ça marche bien ?

Elle haussa les épaules.

— Je ne me plains pas.

Après un tournant en épingle à cheveux, une vaste étendue d'eau bleue apparut en contrebas. Un bateau dont les voiles blanches claquaient au vent fendait la surface glacée que le soleil parait de reflets métalliques. Accrochées à flanc de colline, quelques habitations s'enfonçaient dans la végétation aux profondes nuances vertes et brunes.

— On trouve des paysages comme celui-ci tout autour de l'île, expliqua Charity. Et même quand on vit ici depuis des années, ils continuent à vous émerveiller.

— Et le décor, c'est bon pour les affaires, dit-il d'un ton moqueur.

— Ça ne fait pas de mal, répondit-elle avec un léger froncement de sourcils.

Puis elle lui jeta un coup d'œil en coin.

— Ça vous intéresse vraiment de voir les baleines ?

— Il me semble que c'est une bonne idée puisque je suis ici.

Elle arrêta la camionnette et pointa le doigt vers la falaise.

— Si vous avez de la patience et une bonne paire de jumelles, c'est l'endroit idéal. Nous en avons repéré depuis le gîte, comme je vous l'ai dit. Mais si vous voulez les voir de près, je vous conseille de louer un bateau.

Comme il ne répondait pas, elle redémarra, en proie à un vague sentiment de malaise. La façon qu'avait son passager de l'observer sans en avoir l'air lui faisait soudain regretter de l'avoir engagé.

Tandis qu'ils roulaient en silence jusqu'à l'auberge, dans une atmosphère soudain chargée d'électricité, Roman risqua un œil vers Charity.

Bien qu'elle parût impossible, la légère crispation de ses mains sur le volant trahissait sa nervosité. Et elle roulait un peu trop vite à présent, faisant tanguer la camionnette dans les virages.

Une voiture les croisa. Sans ralentir, Charity leva la main en guise de salut.

— C'était Lori, une de nos employées. Elle travaille dans l'équipe du matin de façon à être rentrée quand ses enfants sortent de l'école. Nous tournons habituellement avec une équipe de dix personnes auxquelles s'ajoutent cinq ou six intérimaires durant l'été.

Après un dernier virage, l'auberge apparut.

C'était exactement ce à quoi Roman s'attendait, et en même temps, c'était beaucoup plus plaisant que sur les photos qu'on lui avait montrées.

Surplombant le détroit, la demeure se dressait,

majestueuse et imposante malgré la simplicité de ses murs bardés de planches de bois blanchi.

Sous les fenêtres du rez-de-chaussée, aux persiennes d'un bleu délavé, des massifs de fleurs s'épanouissaient en un radieux camaïeu de rose. Une pelouse en pente douce descendait vers l'eau, et vers un étroit ponton délabré auquel était amarré un petit bateau à moteur qui tanguait mollement au rythme des vagues. A l'ouest, là où la végétation se faisait plus dense, on pouvait apercevoir les chalets.

Charity contourna la maison pour se garer sur un emplacement de parking gravillonné, descendit de la camionnette, et attendit qu'il la rejoigne.

— Presque tout le monde utilise l'entrée de service, expliqua-t-elle. Je vous ferai visiter les installations si vous voulez, mais je vais d'abord vous montrer votre chambre.

— C'est très joli, dit-il.

Sur la terrasse couverte, se trouvaient deux rocking-chairs et un fauteuil Adirondack dont la peinture blanche s'écaillait. Roman se tourna pour observer la vue que les hôtes pouvaient admirer depuis les sièges.

Moitié forêt, moitié eau. Très agréable. Reposant. Accueillant.

Il songea au pistolet caché dans son sac et se rappela encore une fois que les apparences pouvaient être trompeuses.

Un pli soucieux lui barrant le front, Charity l'observait à la dérobée. Il ne semblait pas admirer le paysage, mais en assimiler le moindre détail, et elle était prête à jurer qu'il serait capable, six mois plus tard, de décrire le gîte jusqu'à la dernière pomme de pin.

Puis il se tourna vers elle et la sensation se fit plus personnelle, plus intense. Sous son regard d'un vert si pâle qu'il en semblait presque irréel, elle se sentait soudain mise à nu, percée jusqu'au plus profond de l'âme.

— Vous êtes artiste ? demanda-t-elle avec brusquerie.

— Non. Pourquoi ?

Il souriait et ce changement d'expression ne faisait qu'ajouter à son charme.

— Je me posais la question.

Elle allait devoir se méfier de ce sourire, décida-t-elle. C'était un sourire qui avait le don de la désarmer, et elle pressentait qu'il était précisément le genre d'homme avec qui il valait mieux se tenir sur ses gardes.

Ils pénétrèrent dans un vaste salon qui sentait la lavande et le feu de bois. Deux grands canapés ornés de coussins et deux profonds fauteuils de velours encadraient une immense cheminée de pierre où craquaient les bûches.

Des meubles anciens étaient disséminés dans la pièce — un bureau à cylindre et son trio d'encriers de porcelaine, un porte-chapeaux en chêne, un buffet aux portes sculptées et aux verres biseautés.

Placée entre deux grandes portes vitrées qui offraient une vue époustouflante sur le détroit, se trouvait une épinette aux touches d'ivoire jaunies.

Assises à une table à jeu devant l'une des baies vitrées, deux vieilles dames jouaient au Scrabble.

— Qui gagne ? demanda Charity.

Elles relevèrent toutes deux la tête et sourirent.

— Le score est très serré.

Celle qui se trouvait sur la droite fit coquettement bouffer ses cheveux lorsqu'elle aperçut

Roman, oubliant de toute évidence qu'elle était assez âgée pour être sa grand-mère. Elle poussa même la coquetterie jusqu'à ôter ses lunettes et redresser ses frêles épaules.

— Je ne savais pas que vous alliez chercher un nouvel hôte, ma chère.

— Moi non plus.

Charity s'approcha de la cheminée pour ajouter une bûche dans l'âtre puis elle fit les présentations.

— Roman Dewinter. Lucy et Millie.

Il eut de nouveau ce sourire irrésistible.

— Mesdames.

— Dewinter..., dit Lucy, l'enveloppant d'un regard scrutateur. N'avons-nous pas connu un Dewinter autrefois, Millie ?

— Pas que je m'en souvienne.

Millie, toujours prête à flirter, continuait à sourire béatement à Roman.

— Avez-vous déjà séjourné ici, monsieur Dewinter ?

— Non, madame. C'est ma première visite.

— Bien, bien...

Millie laissa échapper un discret soupir. C'était décidément bien triste de vieillir. Hier encore, les jeunes gens lui baisaient la main et l'invitaient à danser. Aujourd'hui, ils l'appelaient « madame ».

— Nos amies venaient déjà ici quand j'étais enfant, expliqua Charity, tandis qu'elle guidait Roman vers le couloir. Elles sont charmantes, mais je dois vous mettre en garde contre Millie. Il paraît qu'elle était très courtisée autrefois, et elle a toujours un petit faible pour les beaux garçons.

— Je ferai attention à moi.

— J'ai l'impression que vous le faites toujours.

Elle sortit un trousseau de clés de son sac et ouvrit une porte donnant sur un autre couloir impersonnel.

— Ça mène à l'aile ouest, expliqua-t-elle tandis qu'ils le parcouraient. Comme vous le voyez, les rénovations sont loin d'être terminées. Il faut repeindre les murs, restaurer les portes et apporter plus d'éclairage.

Tandis qu'elle remontait ses lunettes de soleil sur le haut de son crâne, Roman constata qu'il avait vu juste. La couleur de son chemisier était exactement identique à celle de ses yeux.

— Combien de chambres y a-t-il ?

— Deux chambres simples, une double et une suite familiale.

Elle contourna une porte appuyée contre le mur et entra dans une pièce.

— Vous pouvez prendre celle-ci. C'est la seule qui soit à peu près terminée.

Roman pénétra à son tour dans la chambre et, glissant les pouces dans les poches avant de son jean, prit le temps de la détailler.

De dimensions réduites, la pièce était cependant très lumineuse et donnait sur l'étang. Le parquet avait besoin d'être poncé, et le papier peint ne couvrait que deux tiers des murs jusqu'à une cimaise blanche, tandis qu'au-dessous, la cloison de doublage en placoplâtre était nue, mais il en aurait fallu davantage pour le décourager. Il n'était pas du genre difficile, et il avait déjà séjourné dans des endroits à côté desquels la petite chambre aurait pu passer pour une suite du Waldorf.

— Ça ne ressemble pas encore à grand-chose, remarqua Charity sur un ton d'excuse.

— C'est très bien comme ça.

Elle vérifia la propreté de la penderie et de la

salle d'eau attenante, et prit mentalement note de ce qui manquait.

— Vous pouvez commencer par cette pièce, si cela peut vous aider à vous sentir plus à l'aise. Je ne suis pas exigeante sur ce point. George avait sa propre organisation. Je ne l'ai jamais comprise, mais il parvenait généralement à s'acquitter de toutes ses tâches.

— Vous me faites voir le reste ?
— Avec plaisir.

Charity passa les trente minutes suivantes à faire visiter les lieux à Roman, et à lui expliquer exactement ce qu'elle voulait.

Il écouta attentivement, faisant peu de commentaires, mais enregistrant mentalement tous les détails. Il savait, grâce aux plans qu'il avait étudiés avant de venir, que cette partie de la maison était l'exacte copie de l'aile est. Depuis sa chambre, il aurait facilement accès à l'étage principal et au reste du gîte.

Il avait du pain sur la planche, mais cela ne le dérangeait pas. Il avait toujours aimé travailler de ses mains, même s'il n'en avait guère eu le temps jusqu'à présent.

Charity était très précise dans ses instructions. C'était une femme qui savait ce qu'elle voulait et entendait bien l'obtenir.

Il appréciait cette qualité et ne doutait pas qu'elle fût excellente dans tout ce qu'elle entreprenait, qu'il s'agisse de diriger un gîte... ou d'autre chose.

— Qu'y a-t-il là-haut ? demanda-t-il en désignant un étroit escalier au bout du couloir.

— Mes appartements. Nous nous en occuperons quand les quartiers des hôtes seront achevés.

Elle se mit à jouer nerveusement avec ses clés.

— Alors, qu'en pensez-vous ?
— A propos de quoi ?
— Des travaux.
— Vous avez les outils ?
— Dans l'appentis à côté du parking.
— Je peux m'en occuper.
— Bien.

Ils se trouvaient à présent dans le salon octogonal de la suite familiale. La pièce était vide, à l'exception des piles de matériaux. Et elle était aussi étrangement calme.

Charity nota dans le même temps qu'ils se tenaient un peu trop proches l'un de l'autre, et bien silencieux. Elle prit conscience aussi qu'elle ne pouvait entendre aucun bruit. Ce qui voulait dire qu'on ne pouvait sans doute pas les entendre non plus.

Se sentant stupide, elle détacha une clé de son anneau et la tendit à Roman.

— Vous allez en avoir besoin.
— Merci.

Elle prit une profonde inspiration, tout en se demandant d'où lui venait cette impression d'avoir fait un grand saut dans le vide.

— Avez-vous déjeuné ?
— Non.
— Dans ce cas, je vais vous indiquer la cuisine. Mae vous préparera quelque chose.

Puis elle se dirigea vers la porte, un peu trop rapidement sans doute. Mais elle voulait échapper à la sensation de se trouver complètement seule avec lui.

Et sans défense.

C'était une pensée réellement stupide. Elle ne s'était jamais sentie sans défense.

Malgré tout, elle éprouva un vif sentiment

de soulagement quand elle referma la porte derrière eux.

Ils regagnèrent le rez-de-chaussée, traversant le hall désert avant d'entrer dans une vaste salle à manger décorée dans les tons pastel.

Un vase rempli de fleurs fraîches était posé sur chaque table. De grandes baies vitrées ouvraient sur le détroit et un aquarium rappelant le thème de la mer occupait tout un mur.

Charity marqua une pause pour balayer la pièce du regard et s'assurer que tout était en ordre.

— Je trouve que ça manque de basilic, dit une voix de femme venant de la cuisine.

— Et moi, je trouve que c'est très bien comme ça, répliqua une seconde.

Avant de pousser la porte battante qui y menait, Charity se tourna à moitié vers Roman.

— Quoi que vous fassiez, dit-elle en baissant le ton, ne prenez jamais parti pour l'une ou l'autre.

Puis, affichant son plus beau sourire, elle s'écria d'un ton enthousiaste :

— Mesdames, je vous amène un homme affamé.

La femme qui surveillait la marmite leva une cuillère dégoulinante et enveloppa Roman d'un coup d'œil rapide mais néanmoins perçant.

— Il n'a qu'à s'asseoir, alors.

Charity fit de sommaires présentations.

— Mae Jenkins, Roman Dewinter.

Roman esquissa un signe de tête, mais la cuisinière lui avait déjà tourné le dos.

— Et Dolores Rumsey, ajouta Charity.

L'autre cuisinière, aussi mince que Mae était enrobée, tenait à la main un bol d'herbes aromatiques.

— Posez ça, lui ordonna Mae, et servez donc du poulet frit à ce garçon.

En soupirant, Dolores se dirigea vers un placard pour y prendre une assiette.

— Roman va terminer le travail de George, expliqua Charity. Il séjournera dans l'aile ouest.

— Il n'est pas du coin, dit Mae en le considérant avec une attention soupçonneuse.

— Non, répondit Roman.

La cuisinière renifla d'un air dédaigneux.

— Il aurait bien besoin de se remplumer.

— Je suis sûre que vos repas feront merveille, intervint Charity, jouant les pacificatrices.

Elle grimaça en voyant Dolores poser d'un geste brusque devant Roman une assiette contenant du poulet froid et une salade de pommes de terre.

— Il aurait fallu mettre plus d'aneth, grommela Dolores, mais elle sait toujours tout mieux que tout le monde.

Roman décida qu'il valait mieux sourire et se taire.

Avant que Mae ait eu le temps de répondre, un battant pivota sur ses gonds.

— Il ne resterait pas un peu de café ?

L'homme d'une trentaine d'années qui venait de poser la question s'arrêta net pour dévisager Roman d'un regard curieux.

— Bob Mullins, Roman Dewinter, dit Charity. Je l'ai engagé pour terminer l'aile ouest.

Puis elle ajouta à l'attention de Roman :

— Bob est l'un de mes nombreux bras droits. Sa spécialité, c'est la comptabilité.

— Bienvenue à bord, dit Bob avant d'aller se servir un café auquel il ajouta trois sucres, s'attirant un regard agacé de Mae.

— Vous avez pensé à faire rectifier la facture de l'épicerie ? demanda Charity.

— C'est fait, répondit Bob entre deux gorgées de café.

Il sourit en voyant Mae agiter nerveusement la main pour le faire changer de place, et ajouta :

— Vous avez eu deux appels, et j'ai des papiers à vous faire signer.

— Je m'en occupe tout de suite, promit Charity.

Elle jeta un coup d'œil à sa montre puis s'adressa à Roman.

— Je serai dans mon bureau si vous avez besoin de quelque chose.

— Merci, mais ça ira.

— Bien. A tout à l'heure.

Roman commença par faire tranquillement le tour de la propriété avant de se mettre au travail. Au bord de l'étang, il aperçut un couple de jeunes mariés enlacés et, sur le terrain de basket en ciment, un homme et un jeune garçon qui s'entraînaient à faire des paniers.

Les vieilles demoiselles, comme il les avait

surnommées, avaient terminé leur partie de Scrabble et s'étaient installées sur la terrasse pour bavarder. L'air épuisé, une famille de quatre personnes descendait d'un monospace et se dirigeait en traînant les pieds vers les chalets. Un homme avec une casquette de chasseur marchait vers le ponton, une imposante caméra vidéo à l'épaule.

On entendait les oiseaux faire des trilles dans les arbres, et le son lointain d'un bateau à moteur. Un bébé pleurait à pleins poumons, mais les moments de silence durant lesquels il reprenait son souffle laissaient filtrer les notes d'une sonate pour piano de Mozart.

S'il n'avait pas lu les renseignements lui-même, il aurait pu jurer qu'il s'était trompé d'endroit.

Il y avait quelque chose d'infiniment relaxant dans le fait d'œuvrer de ses mains, et au bout de deux heures passées à travailler dans la suite familiale, Roman s'aperçut qu'il se sentait beaucoup plus détendu.

Un coup d'œil à sa montre le décida à regagner l'aile principale. Charity lui avait en effet appris qu'on servait du vin tous les soirs à 18 heures dans ce qu'elle appelait le fumoir, et il avait envie de voir les occupants de l'auberge d'un peu plus près.

Sortant de la suite, il s'arrêta à la hauteur de sa chambre car il avait entendu quelque chose, perçu un mouvement.

Prudemment, il passa la tête dans l'embrasure de la porte et balaya du regard la pièce vide.

Chantonnant à mi-voix, Charity sortit de la salle de bains où elle venait de déposer des serviettes de toilette puis elle déplia un drap housse et commença à faire le lit.

— Que faites-vous ?

Laissant échapper un petit cri, Charity se laissa tomber sur le lit et posa une main sur son cœur.

— Mon Dieu, Roman, ne me refaites plus jamais ça !

Il avança dans la pièce, l'observant avec suspicion.

— Je vous ai demandé ce que vous faisiez.

— Cela me paraît pourtant évident.

— Vous vous occupez également des tâches domestiques ?

— Cela m'arrive.

Remise de ses émotions, elle se leva et lissa le drap housse.

— Il y a du savon et des serviettes dans la salle de bains, dit-elle. Je pense que ça ne vous ferait pas de mal, ajouta-t-elle, d'un air critique et la tête inclinée sur le côté.

Se remettant à la tâche, elle déplia le drap du dessus d'un geste qui trahissait une longue expérience.

— Vous avez déjà commencé à travailler ?

— C'est ce qui était convenu, non ?

Avec un murmure d'agrément, elle replia soigneusement les coins du drap au pied du lit.

— J'ai mis un oreiller supplémentaire et une couverture dans le placard.

— Vous n'arrêtez donc jamais ? s'étonna-t-il.

— J'ai cette réputation.

Elle jeta sur le lit un large édredon en piqué blanc.

— Nous attendons un groupe demain, et tout le monde est un peu sur les dents.

— Demain ?
— Mmm. Par le premier ferry.
Elle tapota les oreillers, satisfaite.
— Avez-vous...
Tout en parlant, elle se recula et heurta Roman qui s'était approché sans qu'elle en eût conscience.

Comme elle vacillait, s'agrippant à ses épaules en une étreinte imprévue, non désirée, et d'une intimité déroutante, Roman posa d'instinct les mains sur ses hanches pour la retenir.

Sous son large gilet, elle était plus mince qu'il ne l'aurait cru, songea-t-il, et ses yeux, bleus comme un ciel d'été, paraissaient plus troublants encore de près.

Une senteur de lavande et de feu de bois imprégnait ses vêtements, rappelant l'odeur qui flottait dans toute la maison.

Fasciné, il continuait à la retenir, tout en sachant qu'il n'aurait pas dû. Un instant plus tôt, tandis qu'elle tournait autour du lit et se penchait pour lisser les draps, de troublantes pensées s'étaient immiscées dans son esprit.

Leurs deux corps enlacés dans une étreinte

passionnée, les mains de Charity sur sa peau...

Non ! Il ne fallait pas penser à cela.

— Est-ce que j'ai, quoi ? demanda-t-il.

Il l'attira imperceptiblement à lui et vit ses yeux s'écarquiller de surprise.

Pétrifiée, la tête vide de toute pensée, Charity ne savait comment réagir.

Le regard rivé à celui de Roman, stupéfaite par l'effet dévastateur qu'il produisait sur elle, elle crispa sans le vouloir les doigts sur sa chemise. Il se dégageait de lui une impression de pouvoir et de force, d'extraordinaire vitalité qui la chavirait. Même la violence contenue qu'elle devinait en lui avait le don de la troubler.

— Vous voulez quelque chose ? murmura-t-il.
— Pardon ?
— Je vous ai demandé si vous vouliez quelque chose.

Lentement, la main de Roman sous le gilet qu'elle portait remontait vers sa taille.

Le contact furtif de ses doigts brûlants la fit tressaillir.

— Non.

Elle voulut se dégager, découvrit qu'elle n'avait pas bougé et sentit la panique la gagner. Avant qu'elle ait eu le temps d'ajouter autre chose, il l'avait relâchée.

Elle le regretta aussitôt, tout en ayant conscience qu'elle venait de jouer avec le feu. Elle prit une profonde inspiration.

— En fait, je voulais vous demander si vous aviez trouvé tout ce dont vous aviez besoin.

— J'en ai bien l'impression, dit-il sans la quitter des yeux.

Elle pressa ses lèvres l'une contre l'autre pour les humecter.

— Bien. J'ai beaucoup de choses à faire. Je ne vais donc pas vous retenir plus longtemps.

Avant qu'elle ait eu le temps de s'éloigner, Roman la prit par le bras.

— Merci pour les serviettes.

— Je vous en prie, répondit-elle d'une voix altérée, avant de sortir précipitamment.

Pensif, Roman plongea la main dans sa poche pour sortir son paquet de cigarettes.

Un instant, il avait envisagé de l'embrasser, de plaquer durement sa bouche sur la sienne, d'en explorer l'intimité, puis il s'était dit qu'il n'avait pas le droit de profiter de la situation, de tirer parti du trouble qu'il avait perçu chez elle.

Et pourtant, se rapprocher d'elle ne pourrait que l'aider dans l'exercice de sa mission.

Refoulant cet élan de culpabilité inattendu, il craqua une allumette.

Il avait une mission à accomplir. Même s'il lui en coûtait, il devait voir Charity Ford comme un moyen de parvenir à ses fins.

2

Le jour s'était levé, et le soleil commençait à dissiper les brumes matinales, donnant à l'atmosphère une limpidité de cristal.

Se tenant au bout du chemin qui menait au gîte, les mains enfoncées dans les poches arrière de son jean, Roman s'offrait le luxe de respirer à pleins poumons en faisant le vide dans son esprit.

Bien qu'il eût rarement le temps d'en profiter, il aimait les matins comme celui-ci, où l'air était pur et frais et, pour une fois, il s'était accordé trente minutes pour lui seul.

Trente minutes de solitude et d'apaisement.

Le soleil, encore voilé par endroits, déchirait l'écran opaque des nuages, leur faisant prendre des formes étranges.

Il songea à allumer une cigarette et décida

finalement de s'en passer. Pour le moment, il ne voulait percevoir que le goût de l'air matinal aux arômes iodés.

Un chien aboyait au loin, et son jappement assourdi ne faisait qu'ajouter à l'ambiance. Les mouettes qui tourbillonnaient au-dessus de l'océan semblaient lancer de grands éclats de rire. Une brise fraîche soufflait, transportant des odeurs de fleurs annonciatrices du printemps.

Il se demanda ce qui avait pu lui faire dire qu'il préférait le vacarme et l'agitation des villes.

Soudain, une biche sortit du fourré, et leva la tête pour humer l'air.

C'était ça la vraie liberté, pensa-t-il. Savoir où était sa place, se sentir pleinement intégré dans son environnement.

Quittant l'abri des frondaisons, la biche se dirigea vers les hautes herbes, suivie d'un faon au dos tacheté de blanc encore malhabile sur ses pattes frêles.

D'abord attendri par la scène, Roman sentit l'impatience le gagner.

Il avait beau faire un effort pour se laisser gagner par la sérénité environnante, il ne se sentait pas chez lui dans cet endroit.

En réalité, il ne se sentait chez lui nulle part.

Et c'était pour cette raison qu'il excellait dans son travail.

Pas de racines, pas de famille, pas de femme attendant son retour. C'était ainsi qu'il avait voulu sa vie, et cela le satisfaisait pleinement.

Ce qui ne l'empêchait pas d'avoir éprouvé une énorme satisfaction à travailler de ses mains, à laisser son empreinte sur quelque chose qui durerait longtemps.

C'était d'ailleurs une excellente chose pour sa couverture. S'il faisait preuve de compétences et de soin dans son travail, il se ferait accepter plus facilement.

Il était déjà accepté.

Charity lui faisait confiance. Elle lui avait donné un toit, un repas et un travail en pensant qu'il avait besoin des trois.

Il ne semblait pas y avoir une once de méfiance chez elle.

En tout cas, il s'était passé quelque chose entre eux, même si elle n'avait rien fait pour le provoquer.

A aucun moment elle n'avait adressé d'invitation muette, bien qu'il eût la conviction que toutes les femmes possédaient ce don en elles dès la naissance. Elle s'était contentée de le regarder, et le déluge d'émotions qui la traversaient s'était lu dans ses grands yeux bleus avec une clarté saisissante.

Impossible... Il ne pouvait pas penser à elle comme à une femme.

Il ne pouvait pas envisager un seul instant d'avoir une aventure avec elle.

Le besoin impérieux d'une cigarette se fit brusquement sentir, mais il décida de tenir bon. Quand on souhaitait quelque chose avec une telle intensité, mieux valait passer outre.

Il suffisait de céder une fois pour perdre tout contrôle.

Il désirait Charity.

La veille, pendant un bref et douloureux instant, il avait eu envie d'elle, mais il avait immédiatement pris conscience qu'il s'agissait d'une erreur. Ce qui l'avait aidé à refouler l'envie, mais celle-ci n'avait cessé de resurgir — d'abord lorsqu'il l'avait entendue qui traversait le couloir pour aller se coucher, puis lorsqu'une mélodie de Chopin avait filtré depuis sa chambre.

Puis de nouveau au milieu de la nuit alors que,

réveillé par le profond silence de la campagne, il s'était mis à penser à elle.

Il n'avait pas le temps de rêver.

Sa mission devait passer avant tout.

En d'autres circonstances, ils auraient pu se rencontrer et passer quelque temps ensemble, jusqu'à ce qu'ils se lassent l'un de l'autre. Ce qui finissait immanquablement par se produire.

En général, ses relations amoureuses se terminaient à son initiative. Il se montrait le plus élégant possible et ses partenaires s'estimaient généralement satisfaites.

Mais cette fois, il était confronté à un phénomène nouveau et très compliqué. S'il lui était parfois arrivé de ressentir de l'attirance pour une suspecte, jamais il n'avait éprouvé de difficulté à se ressaisir et à limiter leurs relations à un plan strictement professionnel.

Or, avec Charity, il pressentait que cela ne serait pas aussi simple.

Soudain, il entendit des bruits de pas et se crispa.

La biche, elle aussi alertée, leva la tête, aux aguets. Puis après un curieux reniflement, elle s'enfuit d'un bond, suivie de son petit.

Il portait son arme à la cheville, plus par

habitude que par nécessité, mais il ne la prit pas tout de suite.

S'il en avait besoin, il lui suffirait d'une seconde pour s'en saisir.

Peinant à suivre le rythme que lui imposait son chien, Charity était à bout de souffle.

Ludwig bondissait en avant, faisait un écart à gauche, zigzaguait dans ses pieds, enroulait sa laisse autour d'elle...

Sans doute aurait-elle pu essayer de se faire obéir du petit cocker golden, mais elle n'avait pas envie de gâcher sa joie. Qui était aussi la sienne, d'ailleurs. Elle s'ajustait donc à ses caprices, passant sans cesse d'un pas d'escargot pour lui laisser le temps de flairer une odeur prometteuse à une course effrénée, la truffe au vent.

Elle hésita brièvement lorsqu'elle aperçut Roman. Puis, entraînée par Ludwig, elle resserra sa prise sur la laisse et continua à avancer.

— Bonjour ! cria-t-elle, bien décidée à passer son chemin.

Ludwig se mit alors à aboyer comme un fou, en faisant des bonds au bout de sa laisse.

Charity eut une grimace gênée.

— Il ne mord pas.

— C'est ce qu'ils disent tous, répliqua Roman.

Mais il sourit et s'accroupit pour caresser le chien entre les oreilles.

Ludwig rendit aussitôt les armes et se coucha, exposant son ventre.

— Il est mignon, commenta Roman.

— Ne croyez pas ça. Il ne fait que des bêtises. Je suis d'ailleurs obligée de l'enfermer à cause des clients. Mais, dites-moi, vous êtes bien matinal…

— Vous aussi.

— C'est le seul moment où j'ai le temps de promener mon chien.

Comme pour marquer son approbation, Ludwig se mit à tourner autour de Roman, lui enroulant la laisse autour des jambes.

Avec un soupir, Charity se pencha pour tenter d'attraper le chien.

— Ludwig, tiens-toi tranquille deux minutes.

En réponse, le chien bondit pour lui lécher le nez.

— Il est obéissant, commenta ironiquement Roman.

— Vous comprenez maintenant pourquoi je

dois l'enfermer. Il croit qu'il peut jouer avec tout le monde.

Alors qu'elle bataillait avec la laisse, sa main effleura la jambe de Roman qui lui saisit le poignet d'un geste brusque.

Troublé par l'accélération sous ses doigts du pouls de la jeune femme, Roman ne put se résoudre à la libérer immédiatement.

Il avait simplement voulu éviter qu'elle ne trouve son arme par inadvertance. Et à présent, ils étaient accroupis au beau milieu d'une route déserte, genou contre genou, tandis que le chien essayait de s'immiscer entre eux.

— Vous tremblez et votre cœur bat très vite, remarqua-t-il. Vous avez toujours ce genre de réaction quand un homme vous touche ?

— Pas du tout ! C'est la première fois.

— Dans ce cas, cela signifie que nous allons devoir être prudents, dit-il en se redressant.

Charity l'imita en vacillant.

— Je ne suis pas quelqu'un de prudent, répliqua-t-elle.

Comme attiré par un aimant, le regard de Roman se posa entre ses seins, là où sa transpiration dessinait une marque plus sombre sur son T-shirt bleu clair.

— Moi, si, dit-il d'un ton brusque.

Les sourcils froncés, elle l'observa avec attention.

— Je m'en étais aperçue. De qui vous méfiez-vous, Roman ?

Sans la quitter des yeux, il tapota la tête de Ludwig, qui se tenait debout, les pattes avant appuyées sur ses genoux.

— De personne, répondit-il. Pour le moment.

Charity secoua la tête.

— Très bien. Gardez vos secrets si ça vous fait plaisir. Quant à moi, il faut que je rentre préparer le petit déjeuner.

Entraînant son chien, elle tourna les talons et s'éloigna, la tête haute et les épaules raides.

— Charity ?

Elle lui jeta un coup d'œil glacial par-dessus son épaule.

— Oui ?

— Votre lacet est défait.

Elle redressa un peu plus le menton et, sans répondre, reprit son chemin.

Les pouces glissés dans les poches de son jean,

Roman esquissa un sourire. Cette fille avait décidément une démarche intéressante.

Cherchant à glaner des informations sur le groupe de touristes qui n'allait pas tarder à arriver, Roman s'était attardé au rez-de-chaussée, sous prétexte de boire une seconde tasse de café.

Il était loin alors de s'imaginer qu'il se ferait embaucher, mais il s'était pourtant retrouvé avec une pile de nappes dans les bras.

— Où voulez-vous que je mette ça ? demanda-t-il à Charity.

Vêtue d'un sweat-shirt rouge portant le logo de l'auberge, elle disposait méticuleusement une serviette pliée en éventail dans un verre à eau, et quand elle lui jeta un coup d'œil par-dessus son épaule, il devina qu'elle lui en voulait encore.

— Sur les tables, évidemment. Les blanches en dessous, les abricot au-dessus, en biais. Comme celle-ci, ajouta-t-elle en désignant une table déjà dressée. Vous avez compris ?

— Je crois.

Jouant le jeu, il entreprit de déplier une nappe.

— Combien de personnes attendez-vous ?

— Quinze pour ce qui est du groupe.

Elle tendit un verre dans la lumière et l'inspecta scrupuleusement avant de le poser sur la table.

— Leur petit déjeuner est compris. Mais il faut également compter avec les clients déjà enregistrés. Nous servons entre 7 h 30 et 10 heures.

Elle vérifia sa montre et eut une moue satisfaite.

— Il y a aussi les clients qui arrivent à l'improviste, mais ce sont surtout les repas du midi et du soir qui risquent de se transformer en véritable marathon.

Dolores entra avec une pile de vaisselle, mais elle repartit précipitamment comme Mae l'interpellait avec rudesse. Avant que la porte ne se referme sur elle, Lori, la serveuse qu'ils avaient croisée la veille sur la route, se glissa dans la salle à manger avec un plateau rempli de couverts en argent.

— Je vois ce que vous voulez dire, marmonna Roman.

Charity donna des instructions à Lori, termina de dresser une table, puis se dirigea vers le tableau noir installé près de l'entrée pour y inscrire le menu du jour d'une écriture souple et élégante.

Dolores, dont les cheveux rouges coiffés en brosse et la moue pincée n'étaient pas sans évoquer une poule décharnée, surgit dans la pièce et se planta à côté de Charity, les mains sur les hanches.

— Je n'ai pas à supporter ça, dit-elle d'un ton courroucé.

Charity continua posément à écrire.

— De quoi parlez-vous ?

— Je fais de mon mieux, et pourtant, je vous prie de croire que j'en ai gros sur le cœur.

Dolores en avait toujours gros sur le cœur, pensa Charity tandis qu'elle ajoutait une omelette au jambon et au fromage à la liste. Surtout lorsqu'on ne faisait pas les choses comme elle l'avait décidé.

— Oui, Dolores, répondit-elle d'un air absent.

— J'ai la poitrine tellement serrée que je peux à peine respirer.

— Mmm...

— Je n'ai pas dormi de la nuit, mais j'étais quand même à l'heure ce matin, comme tous les jours.

— Et je vous en suis reconnaissante, Dolores. Vous savez combien j'ai besoin de vous.

Vaguement radoucie, Dolores rajusta son tablier.

— Eh bien... Je suis professionnelle avant tout, mais vous pouvez dire à cette femme...

Elle désigna du pouce la porte de la cuisine.

— ... d'arrêter de me harceler.

— Je vais lui parler, Dolores. Essayez d'être patiente. Nous sommes tous un peu sur les nerfs ce matin avec la défection de Mary Alice. La pauvre est encore malade.

Dolores renifla d'un air dédaigneux.

— Malade ! C'est comme ça que ça s'appelle, aujourd'hui...

Ne l'écoutant que d'une oreille, Charity continua d'écrire.

— Que voulez-vous dire ?

— Je me demande ce que sa voiture faisait une fois de plus dans l'allée de Bill Perkins toute la nuit, si elle est malade. Moi, par contre, je ne vais pas bien du tout, et...

Charity s'arrêta d'écrire pour la regarder.

— Nous en reparlerons plus tard, Dolores,

répondit-elle, une nuance de colère dans la voix, détail qui n'échappa nullement à Roman.

Vexée, la cuisinière haussa les épaules et retourna dans la cuisine, tandis que Charity se tournait vers la serveuse.

— Lori, vous avez terminé ?
— Presque.
— Bien. Vous pourrez vous occuper seule des clients pendant que j'enregistre le groupe ?
— Sans problème.
— Je serai à la réception avec Bob.

D'un geste machinal, elle rejeta ses cheveux en arrière.

— Roman, pourriez-vous...
— Vous voulez que je fasse le service ?
— Vous savez comment vous y prendre ?
— Je crois, oui.
— Merci.

Elle lui adressa un sourire reconnaissant et, après avoir jeté un coup d'œil à sa montre, se précipita hors de la pièce.

Roman ne s'attendait pas à s'amuser autant. Mais, entre Millie qui ne cessait de flirter avec lui, et les prises de bec de Mae et Dolores, il ne vit pas le temps passer.

Cette tâche lui offrait également une position de choix pour surveiller les clients.

Tandis qu'il débarrassait les tables près des fenêtres, il vit un minibus s'arrêter devant l'entrée principale. Rapidement, il compta les passagers et photographia mentalement les visages.

Le guide — un homme à la stature imposante vêtu d'une chemise blanche qui le serrait aux bras — affichait un sourire permanent et quelque peu factice tandis qu'il dirigeait les touristes vers l'intérieur.

Roman se déplaça de façon à avoir vue sur le hall.

Le groupe était constitué aussi bien de couples que de familles avec des enfants en bas âge. Le guide, dont Roman savait déjà qu'il se prénommait Block, salua chaleureusement Charity avant de lui tendre la liste des participants.

Savait-elle que Block avait été incarcéré à Leavenworth pour fraude ? Se doutait-elle que l'homme avec qui elle plaisantait innocemment avait échappé à une deuxième condamnation grâce à un vice de forme découvert par un avocat retors ?

Tandis qu'elle attribuait les chalets et les clés, deux touristes s'approchèrent pour changer des devises. Cinquante dollars pour l'un et soixante pour l'autre, nota Roman, tandis que l'assistant de Charity prenait les billets canadiens et les échangeait contre de la monnaie américaine.

Dix minutes plus tard, le groupe était installé dans la salle à manger et commandait le petit déjeuner.

Charity ne semblait pas pressée, nota Roman. En la voyant aller d'une table à l'autre, discuter, sourire et répondre gentiment aux questions, on aurait pu croire qu'elle avait toute la vie devant elle. En revanche, elle se déplaçait à la vitesse de l'éclair, portant trois assiettes sur le bras droit, versant le café de la main gauche et gazouillant avec un bébé dans le même temps.

Cependant, quelque chose semblait la perturber, songea Roman. C'était à peine perceptible... Un simple froncement de sourcils.

S'était-il produit ce matin un événement qu'il n'aurait pas remarqué ?

S'il y avait une faille dans leur organisation, c'était à lui de la découvrir et de l'exploiter. C'était pour cette raison qu'il était là.

— Je crois que le moment de crise est passé, remarqua Charity.

Elle lui souriait, mais il vit autre chose dans ses yeux. De la colère ? De la déception ?

— Y a-t-il quelque chose que vous ne fassiez pas ici ? demanda-t-il.

— J'essaie de me tenir à l'écart de la cuisine. Notre table d'hôte possède une excellente réputation, et je ne voudrais pas la mettre en péril, répondit-elle avec une petite moue amusée.

Puis, jetant subrepticement un regard d'envie vers la cafetière, elle ajouta :

— Merci pour votre aide.

— Je vous en prie. Les pourboires étaient appréciables. Millie m'a glissé un billet de cinq dollars.

Charity eut un sourire ironique.

— Je crois qu'elle vous trouve sexy dans votre tenue de travail. A ce propos, vous devriez faire une pause avant d'attaquer l'aile ouest.

— Merci.

La réception était déserte, et Roman en déduisit que l'assistant de Charity était occupé à porter les bagages dans les chalets. Il songea un instant à se glisser derrière le comptoir d'accueil pour consulter le registre, mais décida finalement que cela pouvait attendre et retourna à ses travaux.

Une heure plus tard, il entendit des pas précipités dans le couloir qui menait à l'aile ouest.

Passant la tête dans l'embrasure de la porte, il aperçut Charity qui venait dans sa direction au pas de charge, tout en marmonnant entre ses dents.

— Quelque chose ne va pas ?

Les yeux étincelants de fureur, elle se campa devant lui.

— Plutôt, oui. Je peux supporter l'incompétence, et même un certain niveau de stupidité. Je peux même tolérer occasionnellement une tendance à la paresse. Mais je déteste qu'on me mente.

Persuadé que sa colère n'était pas dirigée contre lui, Roman ne s'émut pas outre mesure.

— Je comprends, dit-il en gardant un ton neutre.

Puis il attendit la suite.

Les poings serrés, Charity faisait un effort visible pour se contenir. Mais elle craqua et donna un coup de pied dans une porte.

— J'ai horreur qu'on me prenne pour une idiote. Jouer les malades ! Et puis quoi encore ?

— Vous parlez de la serveuse... Quel est son nom, déjà... Mary Alice ?

— Evidemment. Il y a trois mois, elle est venue me supplier de lui donner un travail. C'était notre période la plus calme, mais j'ai eu pitié d'elle. Et maintenant, elle se fait porter malade pour passer plus de temps avec Bill Perkins. Je vais être obligée de la renvoyer.

Elle soupira bruyamment en se massant le front.

— Ça me donne la migraine chaque fois que je dois renvoyer quelqu'un.

— C'est donc ça qui vous a perturbée toute la matinée ?

— Dès que Dolores en a parlé, j'ai su que j'allais devoir appeler Mary Alice et régler le problème. Mais j'ai été tellement débordée que je n'ai pas encore eu le temps de m'en occuper.

— Ecoutez, vous allez déjà commencer par prendre une aspirine.

— C'est fait, mais ça ne marche pas.

— Laissez-lui le temps d'agir.

Sans vraiment avoir conscience de ce qu'il faisait, Roman posa les mains de chaque côté de son crâne. Puis, du bout des pouces, il lui massa lentement les tempes.

— Vous avez trop de choses là-dedans.
— Où ?
— Dans votre tête.

Fermant les yeux, elle soupira.

— Pas pour le moment. Ce que vous me faites est tellement agréable que je n'ai plus envie de réfléchir.

— Vous avez conscience de ce que vous dites ?

Elle rouvrit les yeux et regarda ses lèvres.

— Peut-être pas. Mais, quelle importance ?

Tout en sachant que c'était une erreur, Roman ne put s'empêcher de suivre doucement d'un doigt le contour de sa bouche entrouverte.

— Il est toujours préférable de réfléchir aux conséquences avant d'agir, dit-il.

— C'est encore un conseil de prudence ?

Il laissa retomber ses mains.

— Oui.

Charity savait qu'elle aurait dû se sentir reconnaissante.

Au lieu de tirer avantage de la confusion de

ses sentiments, il se mettait en retrait, il lui laissait le choix.

C'était tout à son honneur, et pourtant, curieusement, elle lui en voulait, n'éprouvant rien d'autre qu'un sentiment de rejet.

C'était lui qui avait commencé. Une fois de plus.

Et il s'était arrêté en chemin. Une fois de plus.

Cela ne pouvait pas continuer comme ça. Elle en avait assez d'être un jouet entre ses mains.

— Vous passez à côté de beaucoup de choses en choisissant toujours la prudence, remarqua-t-elle. Et particulièrement à côté du bonheur.

— J'évite aussi les déceptions.

— Peut-être. En ce qui me concerne, j'ai du mal à me passer des autres. Mais si c'est votre choix, tant mieux.

Elle prit une profonde inspiration, sentant sa migraine empirer.

— A l'avenir, évitez de me toucher. J'ai pour habitude de toujours terminer ce que je commence.

Jetant un coup d'œil dans la chambre, elle ajouta d'un ton sec :

— Vous faites du bon travail dans cette pièce. Je vous laisse vous y remettre.

Tandis qu'il passait au papier de verre l'encadrement de la fenêtre, Roman ne cessait de pester contre Charity.

Elle n'avait pas le droit de chercher à le culpabiliser sous prétexte qu'il préférait garder ses distances.

Le refus de s'engager n'était pas seulement une habitude chez lui. C'était une question de survie.

Mais cette fois, c'était un peu différent. Les sentiments qu'il éprouvait pour Charity allaient au-delà d'une simple attirance, et ne ressemblaient en rien à ce qu'il avait pu ressentir jusqu'à présent pour d'autres femmes.

Chaque fois qu'il se trouvait en sa présence, toute pensée logique lui échappait et il se prenait à rêver d'elle, à imaginer qu'il la tenait dans ses bras, qu'il lui faisait l'amour.

Mais ce n'était qu'un fantasme et cela le resterait.

Si tout se passait comme prévu, sa mission s'achèverait dans quelques jours.

Et il se pourrait bien que la vie de Charity s'en trouve détruite.

C'était son travail, se rappela-t-il.

Il n'avait pas le droit de se laisser attendrir.

Tout à coup, il la vit qui se dirigeait vers la camionnette, de sa démarche souple et assurée, faisant sauter les clés dans sa main. Derrière elle, marchait main dans la main le couple de jeunes mariés dont le séjour s'achevait, et il en déduisit qu'elle les conduisait au ferry.

Cela lui laissait une bonne heure pour fureter chez elle.

Roman commença sa fouille par le bureau, sachant que peu de gens pensaient à s'entourer de précautions dans leur cadre privé. Il y avait toujours un papier qui traînait, un mot griffonné sur un bloc-notes, un nom dans un répertoire.

La table de travail était un solide meuble en acajou, marqué de quelques taches et rayures sur le plateau. Comme le reste de la pièce, il était net et bien organisé. Les papiers personnels de Charity — documents d'assurance, factures, correspondance — étaient rangés à gauche. Ceux qui concernaient ses activités professionnelles occupaient les trois tiroirs de droite.

Il constata que l'auberge dégageait un bénéfice raisonnable, dont la majeure partie était réinvestie en draps, accessoires de salle de bains, peinture... Le fourneau que Mae surveillait avec un soin jaloux avait été acheté six mois auparavant.

Charity se versait un salaire relativement modeste, et rien ne permettait d'affirmer qu'elle utilisait les finances de l'auberge à des fins personnelles.

C'était, à ce qu'il semblait, une femme honnête.

Sur le bureau, se trouvait une photographie de la jeune femme en compagnie d'un vieil homme aux cheveux blancs qu'elle tenait par la taille et qui devait être son grand-père.

Elle avait les cheveux tirés en queue-de-cheval, portait une salopette en jean tachée de terre aux genoux et tenait dans sa main libre un bouquet de fleurs des champs.

Machinalement, il se demanda ce qu'elle pensait au moment où le cliché avait été pris, ce qu'elle avait fait après, et s'en voulut aussitôt de se laisser détourner de sa tâche.

Elle avait laissé quelques pense-bêtes : retourner les échantillons de papier peint, appeler l'accordeur de piano, faire réparer le pneu, mais il ne trouva rien qui eût un rapport avec le fait qu'on l'ait envoyé ici.

Abandonnant le bureau, il fouilla méticuleusement le reste de la pièce, avant de gagner la chambre adjacente.

Un grand lit à baldaquin habillé de broderie anglaise et de coussins brodés trônait au milieu de la pièce, imposant et majestueux.

A côté de la fenêtre, un vieux rocking-chair aux accoudoirs polis par les années accueillait un ours en peluche rouge. Une brise légère parfumée d'une odeur de fleurs entrait dans la pièce en soulevant les rideaux de dentelle.

C'était incontestablement une chambre de femme, songea Roman, avec ses coussins, ses dentelles, ses bougies, ses parfums poudrés et ses couleurs pastel. Et pourtant, un homme s'y sentait le bienvenu.

A sa grande surprise, il s'aperçut que cette pièce éveillait en lui des désirs secrets, l'envie de passer une heure, une nuit, dans cette douceur, cette quiétude.

Foulant un tapis orné de motifs floraux dont

les teintes s'étaient fanées, il refoula le dégoût qu'il avait de lui-même et entreprit de fouiller la commode.

Il trouva quelques bijoux provenant sans doute d'un héritage et qui, selon lui, auraient été plus à leur place dans un coffre-fort.

Il y avait aussi un flacon de parfum, dont il connaissait à l'avance l'odeur. C'était celle de sa peau.

Il faillit prendre le flacon, le humer jusqu'à l'enivrement, mais il se ressaisit à temps.

Ce n'était pas du parfum qu'il était venu chercher, mais des preuves.

C'est alors qu'un paquet de lettres attira son regard.

En proie à un sentiment de jalousie aussi étrange que ridicule, il se demanda si c'était celles d'un amant.

Cette chambre le rendait fou, se dit-il tandis qu'il dénouait délicatement le ruban de satin entourant les enveloppes. Il lui était impossible de ne pas imaginer Charity étendue sur le lit dans un déshabillé de soie blanche, ses cheveux formant un halo d'or sur l'oreiller, et éclairée par des dizaines de bougies projetant des ombres dansantes sur les murs.

Secouant la tête devant les débordements de son imagination, il déplia la première lettre. Une chambre où trônait un ours en peluche n'avait pourtant rien de libertin.

La date lui apprit que la lettre avait été écrite lorsque Charity étudiait à Seattle.

Elle venait de son grand-père. Comme toutes les autres.

Chaque missive était écrite avec affection et humour et contenait une foule d'anecdotes sur la vie de tous les jours à l'auberge.

Passé maître dans l'art de fouiller une maison sans que son propriétaire ne s'en rende compte, il remit les lettres en place exactement comme il les avait trouvées, à la fois déçu et soulagé, puis revint vers le lit.

Sur la table de chevet, à côté du radio-réveil et d'un tube de crème pour les mains, il y avait deux livres. L'un était un recueil de poésies et l'autre un roman policier pourvu d'une jaquette aux couleurs criardes.

Dans le tiroir, se trouvaient une tablette de chocolat entamée et quelques CD de musique classique.

Passant à la garde-robe, il constata que les vêtements de Charity étaient simples et pratiques, à l'exception de quelques robes élégantes. Il y avait toute une collection de bottes fourrées, de chaussures de marche, de mocassins, et de tennis, ainsi que deux paires de chaussures à talons côtoyant des pantoufles humoristiques en forme de pied d'éléphant.

Il retourna les tableaux accrochés au mur, essentiellement des marines, et ne découvrit rien si ce n'était que le jaune pâle de la tapisserie s'était fané.

Comme dans le bureau, tout était méticuleusement agencé, et il n'y avait pas une trace de poussière.

Cela n'aurait pas pu être mieux rangé si elle avait su que les pièces allaient être fouillées.

Tout ce qu'il savait au bout d'une heure, c'était qu'il avait affaire à une femme organisée, qui aimait les vêtements confortables, Chopin, le chocolat, et les mauvais polars.

En quoi cela la rendait-il aussi fascinante ?

Enfonçant les mains dans ses poches, il chercha à retrouver une objectivité qui, jusqu'à présent, ne lui avait jamais fait défaut.

Les preuves qu'il détenait démontraient son implication dans un trafic particulièrement ingénieux de devises canadiennes. Et pourtant, tout ce qu'il avait découvert depuis vingt-quatre heures la montrait comme une femme honnête, franche et travailleuse.

Que devait-il croire ?

Il se dirigea vers une porte-fenêtre qui ouvrait sur un étroit balcon surplombant l'étang et faillit l'ouvrir car il éprouvait tout à coup un terrible besoin d'air frais.

Mais Charity n'allait pas tarder à rentrer, et il ne pouvait pas prendre le risque de se faire surprendre.

Tournant les talons, il sortit comme il était entré, emportant avec lui l'odeur de sa chambre.

Une odeur qui le poursuivrait longtemps.

3

— Je vous ai dit que cette fille ne valait rien.

— Je sais, Mae.

— Je vous ai dit que vous faisiez une grosse erreur en l'engageant.

Charity retint un soupir.

— Oui, Mae. Vous me l'avez dit.

— A force de ramasser les chats errants, il ne faut pas vous étonner de vous faire griffer.

Charity résista — à grand-peine — à l'envie de hurler.

— Je sais. Ça aussi, vous me l'avez dit.

Avec un grognement de satisfaction, Mae finit de polir ce qu'elle considérait comme la prunelle de ses yeux, à savoir sa gazinière équipée d'un double four et de huit brûleurs.

— Vous avez trop bon cœur, Charity.

— Je croyais que j'étais une tête de mule.
— C'est vrai aussi.

Se radoucissant quelque peu, Mae versa un verre de lait à Charity et lui servit une généreuse part de gâteau au chocolat.

— Tenez, mangez ça, dit-elle d'un ton bourru. Ma cuisine avait toujours le don de vous consoler quand vous étiez petite.

Charity prit une chaise et plongea l'index dans le glaçage, avec une mine gourmande.

— Je lui aurais donné une journée, si elle me l'avait demandé.

Mae tapota affectueusement l'épaule de la jeune femme.

— Je sais bien. C'est votre problème. Vous êtes trop permissive avec les employés.

— Justement, ils devraient m'être reconnaissants au lieu de se payer ma tête.

Tout en soupirant, Charity coupa à l'aide de sa fourchette une énorme bouchée de gâteau, certaine que le chocolat soignerait mieux sa migraine qu'un tube entier d'aspirine.

— J'espère qu'elle retrouvera très vite un autre travail. Je sais qu'elle a un loyer à payer.

— A votre place, je ne m'inquiéterais pas pour elle. Les filles comme Mary Alice retombent toujours sur leurs pieds. Cela ne m'étonnerait pas qu'elle s'installe chez le fils Perkins avec armes et bagages. Ah, ça, je vous avais bien prévenue ! ajouta Mae en soupirant avec emphase.

Charity enfourna une nouvelle bouchée.

— Mmm..., marmonna-t-elle, la bouche pleine.

— Dites-moi un peu, qu'est-ce que c'est que ce vagabond que vous nous avez ramené à la maison ?

Charity faillit s'étouffer et avala une gorgée de lait.

— Roman Dewinter ?

— Drôle de nom, déjà... Que savez-vous sur lui ?

— Il avait besoin d'un travail.

Mae essuya ses mains rougies sur son tablier.

— Qui vous dit que ce n'est pas un assassin ?

— N'exagérez pas, Mae. Il n'a pas l'air dangereux.

— Il ne faut pas se fier aux apparences.

— C'est un voyageur. Mais je ne dirais pas qu'il erre sans but. Au contraire, il a l'air de très bien savoir ce qu'il veut.

Elle haussa les épaules et but une nouvelle gorgée de lait avant d'ajouter :

— De toute façon, j'avais besoin de quelqu'un après le départ de George. Et pour le moment, je suis satisfaite de son travail.

— Il passe son temps à vous regarder.

— Et alors ? Tout le monde me regarde. Je suis toujours là.

— Ne jouez pas à la plus maligne avec moi, jeune personne. Vous oubliez que j'ai changé vos couches.

— Je ne vois pas ce que cet argument vient faire là-dedans.

— Vous ne m'avez pas répondu.

— Bon, il me regarde. Et alors ? Moi aussi je le regarde.

Voyant Mae hausser les sourcils, Charity lui adressa un sourire moqueur.

— Ce n'est pas vous qui me répétez sans arrêt que je devrais me trouver un homme ?

— Ça ne veut pas dire que vous devez vous jeter sur le premier venu. Je reconnais qu'il n'est pas désagréable à regarder, et que le travail ne lui fait pas peur. Mais il y a quelque chose d'impitoyable en lui. C'est quelqu'un qui en a vu de belles, ma petite, vous pouvez me croire.

— Je suppose que vous aimeriez mieux me voir passer du temps avec Jimmy Loggerman.

— Cette espèce de mollusque ?

Après un grand éclat de rire, Charity posa le menton au creux de ses mains avec un soupir d'aise.

— Vous aviez raison, Mae... Je me sens mieux.

Affichant un sourire ravi, Mae dénoua le tablier qui ceignait son ample taille.

— Bien. Ne mangez plus de gâteau ou vous aurez mal au ventre toute la nuit.

— Bien, madame.

— Et ne laissez pas ma cuisine en désordre, ajouta-t-elle en enfilant un informe manteau en tweed marron.

— Non, madame, répéta Charity avec un sourire affectueux.

Puis elle soupira en voyant la porte se refermer.

Le départ de Mae signalait généralement la fin de la journée. Les clients étaient couchés ou terminaient une partie de cartes. Hormis une urgence, elle n'avait plus rien à faire jusqu'au lendemain.

Rien, à part penser.

Ces derniers temps, elle songeait sérieusement à installer un Jacuzzi. Elle avait fait établir des devis, et imaginait déjà le solarium dans l'aile sud. En hiver, les clients pourraient s'offrir un bain bouillonnant à leur retour de randonnée, et finir la journée en buvant un grog devant la cheminée.

Elle-même pourrait en profiter également, en particulier les jours où l'auberge était presque vide et où elle ne savait pas comment tuer le temps.

Elle avait aussi le projet de créer une boutique d'artisanat. Quelque chose de simple, en rapport avec l'esprit de l'auberge.

Roman resterait-il assez longtemps pour l'aider dans ses entreprises ?

Cette pensée à peine formulée, elle décida qu'il n'était pas raisonnable de l'inclure dans ses projets.

Sans doute n'était-il pas raisonnable non plus de penser à lui. Il était, ainsi qu'elle l'avait remarqué elle-même, un voyageur, un nomade.

Les hommes comme Roman ne s'attardaient pas longtemps au même endroit.

Et pourtant, elle ne pouvait s'empêcher de penser à lui.

Dès l'instant où ils s'étaient rencontrés, elle avait ressenti quelque chose.

Il ne s'agissait pas d'une simple attirance physique, elle en était certaine. Après tout, c'était un homme séduisant, dans un genre rude et dangereux, et il ne devait pas laisser beaucoup de femmes indifférentes.

Non, il y avait autre chose.

Etait-ce dû à son regard ? A sa voix ? A la façon dont il se déplaçait ?

Pensive, elle joua distraitement avec le reste de son gâteau.

Cela venait peut-être tout simplement du fait qu'il était terriblement différent d'elle. Taciturne, suspicieux, solitaire.

Et pourtant... Se faisait-elle des idées, ou attendait-il quelque chose ? Elle avait l'impression qu'il était prêt à changer de vie.

En tout cas, il avait besoin de quelqu'un, même s'il n'en avait probablement pas encore conscience.

Mae avait raison, songea-t-elle. Il lui était impossible de nier qu'elle avait toujours eu un faible pour les marginaux et les chemins de vie compliqués.

Mais cette fois, c'était totalement différent.

Elle ferma un instant les paupières, souhaitant être capable d'expliquer en quoi c'était si différent.

Jamais aucun homme n'avait fait naître chez elle un tel déchaînement de sensations.

C'était au-delà du désir. Au moins était-elle prête à admettre cela. Mais ce qui lui arrivait n'en restait pas moins incompréhensible.

D'un autre côté, elle avait toujours pensé et admis que les sentiments n'avaient rien à voir avec la logique.

Ce matin, tandis qu'ils se trouvaient sur ce chemin désert, elle avait senti quelque chose émaner de Roman, un afflux d'émotions d'une puissance effrayante.

C'était le genre d'émotions qui pouvaient faire souffrir celui qui les éprouvait tout comme celui qui les recevait.

Elle en avait été à la fois intriguée et bouleversée. Depuis, une sensation de manque et de convoitise la taraudait.

Intuitivement, elle connaissait déjà le goût de sa bouche, sa façon d'embrasser. Elle devinait qu'il n'était pas homme à se montrer doux, tendre, patient.

Quand il serait décidé, il ne demanderait

pas la permission, il prendrait sans hésiter, lui communiquant violemment son désir.

Quelque chose en elle s'offusquait à cette idée, bien qu'elle en fût également délicieusement troublée.

Elle s'était toujours considérée comme une personne responsable, sûre d'elle-même et maîtresse de sa vie. Or, un homme tel que Roman ne tenait aucun compte des souhaits d'une femme.

Il vaudrait mieux pour eux qu'ils gardent leurs distances et que leur relation — une relation vouée de toute façon à ne pas durer — ne dépasse pas le stade strictement professionnel.

Mais il ne fallait pas exagérer, quand même !

Ils n'étaient pas obligés de s'ignorer complètement. Ils pouvaient parfaitement se montrer amicaux.

A condition de rester prudents.

Elle soupira et posa son menton au creux de ses mains.

Le problème était qu'elle n'avait jamais été douée pour combiner les deux.

*
* *

Roman regardait Charity jouer avec les miettes de gâteau sur son assiette. Ses cheveux étaient détachés et emmêlés, comme si elle avait arraché d'un geste impatient l'élastique qui retenait sa queue-de-cheval et passé les doigts à la va-vite dans sa chevelure.

Pieds nus, les jambes posées sur une chaise et croisées aux chevilles, elle semblait parfaitement détendue, offrant un contraste saisissant avec l'énergie dont elle avait fait preuve toute la journée.

Il aurait préféré qu'elle soit dans sa chambre, pelotonnée dans son lit et profondément endormie.

Sur un plan personnel, il n'avait pas particulièrement envie de la voir.

Et sur un plan professionnel, il avait besoin d'avoir le champ libre pour fouiller le bureau situé dans le hall.

Pour toutes ces raisons, il aurait dû faire machine arrière et rester tranquillement dans son coin jusqu'à ce qu'elle se retire pour la nuit.

Qu'y avait-il de si attirant, de tellement irrésistible dans cette scène paisible ?

Il régnait une douce chaleur dans la pièce, où le seul bruit perceptible était le ronronnement du vaste réfrigérateur. De délicieuses odeurs de cuisine se mêlaient à la fragrance citronnée du détergent employé par Mae. Une plante verte cascadait d'un panier suspendu devant la fenêtre, au-dessus de l'évier. Tout était parfaitement rangé et étincelant de propreté.

Bizarrement, il avait l'impression que Charity attendait qu'il la rejoigne pour discuter de choses et d'autres, comme un couple qui se retrouverait dans l'intimité du foyer après une journée de travail.

C'était ridicule.

Il ne voulait pas qu'une femme l'attende.

Et cette femme moins que les autres.

Mais au lieu de s'éloigner, il s'avança vers la lumière.

— Je croyais que les gens se couchaient de bonne heure à la campagne.

Elle sursauta, mais se ressaisit immédiatement.

— Ce n'est pas toujours vrai. Vous voulez du gâteau au chocolat ?

— Non, merci.

— C'est aussi bien. Si vous aviez accepté, j'en aurais repris une part et je me serais rendue malade. Je n'ai aucune volonté. Que diriez-vous d'une bière ?

— Pourquoi pas ?

Elle se leva paresseusement pour aller ouvrir la porte du réfrigérateur et annonça différentes marques.

Il en choisit une et la regarda verser le liquide ambré dans un grand verre.

Elle n'était plus en colère, remarqua-t-il, même s'il était évident qu'elle lui en avait voulu, un peu plus tôt dans la journée.

Elle n'était donc pas rancunière.

Cela ne l'étonnait pas, songea-t-il tandis qu'il prenait le verre qu'elle lui tendait. C'était le genre de femme à tout pardonner, à faire confiance à tout le monde, et à donner plus que ce qu'on lui demandait.

— Pourquoi me regardez-vous de cette façon ? murmura-t-elle.

Il prit le temps d'avaler une longue gorgée de bière avant de répondre.

— Vous avez un beau visage.

Elle leva un sourcil en le voyant s'asseoir et prendre une cigarette. Puis, après avoir sorti un cendrier d'un tiroir, elle prit place à côté de lui.

— Je ne déteste pas les compliments, mais je sais que ce n'est pas la vraie raison.

— C'est une raison suffisante pour qu'un homme regarde une femme.

Le silence retomba quelques instants tandis qu'il sirotait sa bière, puis il remarqua :

— Vous avez eu une journée chargée.

— Suffisamment chargée pour que j'engage très vite une nouvelle serveuse. A ce propos, je n'ai pas eu l'occasion de vous remercier pour votre aide.

Il haussa les épaules.

— Ce n'était rien. Comment va votre migraine ?

Elle le considéra avec surprise, se demandant visiblement s'il se moquait d'elle.

— Elle est passée, merci. Et vous, comment s'est déroulée votre journée ?

— Bien. Millie prétendait que sa porte accrochait et j'ai fait semblant de la raboter. Je crois que je n'avais jamais été autant observé avant, ajouta-t-il avec un sourire moqueur.

— Je n'ai aucun mal à l'imaginer. Mais, n'en déplaise à votre ego, ça vient surtout du fait que Millie est myope comme une taupe et qu'elle est trop coquette pour porter ses lunettes devant tout homme de plus de vingt ans.

— Je préfère continuer à croire qu'elle a le béguin pour moi, répliqua Roman. Elle m'a dit qu'elle venait ici depuis 1952. Pour ma part, je ne comprends pas comment on peut avoir envie de retourner tous les ans au même endroit.

— Lucy et elle font pour ainsi dire partie des meubles. Quand j'étais petite, je croyais que c'étaient des parentes à nous.

— Vous dirigez l'auberge depuis longtemps ?

Elle se laissa aller contre le dossier de sa chaise et sourit.

— Je doute que vous ayez envie de connaître l'histoire de ma vie.

Il expira une bouffée de fumée.

— Pourquoi pas ? Je n'ai rien de spécial à faire.

Et il avait surtout envie de voir si sa version différait de ce qu'il avait lu dans son dossier.

— Eh bien, je suis née ici, il y a vingt-sept ans. Ma mère a rencontré le grand amour un peu plus tard que la moyenne des gens. Elle avait quarante ans quand je suis née, et sa santé était fragile. Il y a eu des complications. Après son décès, mon grand-père m'a élevée, et j'ai passé la plus grande partie de ma vie à l'auberge.

Elle balaya la cuisine du regard.

— J'ai toujours adoré cet endroit... Quand j'étais à l'école, ça me manquait et j'avais hâte que la journée se termine. Plus tard, quand je suis allée à la fac, je m'ennuyais tellement de Pop que je revenais tous les week-ends. Mais il voulait que je voie autre chose avant de m'installer ici. Il était prévu que je voyage, que j'aille glaner ailleurs des idées pour l'auberge...

Roman remarqua que son expression s'était assombrie sur les derniers mots.

— Pourquoi ne l'avez-vous pas fait ?

— Mon grand-père était malade. Je terminais ma dernière année d'études quand j'ai découvert à quel point c'était grave. Je voulais tout abandonner, revenir à la maison, mais cette idée le perturbait tellement que j'ai attendu d'avoir mon diplôme pour reprendre l'affaire. Il a encore tenu bon trois ans, mais ce fut... difficile.

Elle soupira, les yeux soudain remplis de larmes.

— C'était l'homme le plus courageux, le plus gentil que j'aie jamais connu. Il faisait tellement partie de cet endroit, qu'il y a encore des jours où je m'attends à le croiser dans un couloir.

Roman garda le silence un moment, tandis qu'il réfléchissait aussi bien à ce qu'elle lui avait dit qu'à ce qu'elle avait omis de mentionner.

Il savait qu'elle était née de père inconnu — une épreuve de taille dans une petite ville comme celle-ci. Il avait également appris que, durant les six derniers mois de sa vie, les dépenses de santé de son grand-père avaient bien failli ruiner l'auberge. Pourtant, Charity n'avait pas abordé ces sujets. Elle ne semblait pas non plus en avoir conservé de l'amertume.

— Vous n'avez jamais pensé à vendre, à vous installer ailleurs ?

— Non, jamais. Oh, bien sûr, il y a des dizaines d'endroits que je rêve de découvrir, New York, Venise... Mais à condition de savoir que je pourrai toujours revenir ici.

Elle se leva pour aller chercher une autre bière.

— Lorsqu'on dirige un endroit comme celui-ci, on rencontre des gens venant d'horizons très différents, et qui ont toujours des dizaines d'anecdotes passionnantes à raconter.

— Vous voyagez donc par procuration ?

— Si on veut.

Elle posa la bouteille devant lui et entreprit de débarrasser la table.

— Je suppose que certains d'entre nous sont faits pour mener une petite vie monotone et ennuyeuse, ajouta-t-elle.

— Je n'ai jamais dit ça.

— Non ? Eh bien, je suppose que c'est ce que doit penser de moi quelqu'un qui va d'un endroit à l'autre sans jamais se fixer. Vous devez certainement me trouver simple, casanière et ignorante.

— Vous m'ôtez les mots de la bouche, trésor.

— Ce n'est pas difficile, *trésor*. Vous ne faites aucun effort pour cacher ce que vous pensez. Soyez gentil d'éteindre la lumière en quittant la pièce.

D'un geste instinctif, il lui prit le bras tandis qu'elle passait devant lui.

Il le regretta aussitôt, mais c'était déjà trop tard, et le regard de défi qu'elle lui lança entraîna une réaction en chaîne qui mit ses nerfs à rude épreuve.

Il y avait tant de choses qu'il brûlait de faire

avec elle... Des choses que ni l'un ni l'autre n'oublieraient jamais.

— Pourquoi êtes-vous en colère ? demanda-t-il.

— Je ne sais pas. On dirait que je ne peux pas parler avec vous plus de dix minutes sans m'énerver. Et puisque je m'entends bien avec tout le monde, d'habitude, j'en déduis que ça vient de vous.

— Vous avez sans doute raison.

Elle se radoucit quelque peu.

— Vous n'êtes là que depuis quarante-huit heures, et j'ai déjà failli me disputer trois fois avec vous. C'est un record pour moi.

— Je ne tiens pas les comptes.

— Oh, je crois que si. Je doute que vous soyez du genre à oublier quoi que ce soit. Vous n'étiez pas flic, par hasard ?

Il dut faire un effort pour conserver une expression impassible.

— Pourquoi ?

Elle haussa les épaules.

— Je ne sais pas. Ça vient sûrement de la façon que vous avez de regarder les gens, comme si vous vouliez enregistrer le moindre détail. Et parfois, quand je suis avec vous, j'ai l'impression que je ferais bien de me préparer à subir un interrogatoire.

Elle eut une petite moue perplexe.

— Voyons... vous avez dit que vous n'étiez pas artiste. C'était ma première hypothèse...

Elle claqua des doigts.

— Oh, j'y suis ! Vous êtes sûrement écrivain. Vous savez, dans l'hôtellerie, on apprend assez vite à deviner la profession de nos clients.

— Vous n'y êtes pas du tout.

— Que faites-vous, alors ?

— Pour le moment, je suis votre homme à tout faire.

Elle haussa les épaules.

— Comme vous voudrez. Un autre trait de caractère des hôteliers est de respecter la vie privée d'autrui. Mais si vous êtes un tueur en série, Mae se fera un plaisir de me faire remarquer qu'elle me l'avait bien dit.

— Je ne tue jamais plus d'une personne à la fois.

— Tant mieux. Vous savez que vous me tenez toujours le bras ?

— Je sais.

— Dois-je vous supplier de me lâcher ?

— Cela ne servirait à rien.

Elle prit une profonde inspiration.

— Très bien. Que voulez-vous, Roman ?

— Régler le problème entre nous une fois pour toutes.

Quand il se leva, elle fit aussitôt un pas en arrière.

— Je ne crois pas que ce soit une bonne idée, dit-elle d'un ton où se percevait de la frayeur.

— Moi non plus...

De sa main libre, il lui repoussa les cheveux en arrière. Ils étaient aussi doux qu'il l'avait imaginé, et il ne put résister à l'envie d'y plonger les doigts.

— Mais je préfère agir et le regretter ensuite, plutôt que de ne rien faire du tout, reprit-il.

— Je vous interdis...

— Trop tard.

Il l'entendit retenir son souffle tandis qu'il l'attirait brutalement à lui.

Il savait se montrer tendre, même si cela ne lui arrivait pas souvent.

Avec elle, il aurait pu l'être.

Mais parce qu'il en avait conscience et que cela le contrariait, il refoula toute envie de douceur.

Il voulait l'effrayer, s'assurer qu'elle prendrait la fuite à la seconde où il la relâcherait.

C'était ce qu'il désirait plus que tout : qu'elle le fuie.

Au fond de lui, il avait l'espoir qu'elle prendrait peur au point de lui demander de plier bagages. Si elle le faisait, elle n'aurait plus rien à craindre de lui.

Il pensait qu'il atteindrait rapidement son but. Puis, soudain, il fut dans l'incapacité totale de penser.

Elle avait le goût du paradis.

Il n'avait jamais cru au paradis, mais elle en portait la saveur, pure, douce et prometteuse.

Elle avait plaqué les mains sur son torse, en un geste de défense instinctive, mais pourtant, elle ne luttait pas contre lui, ainsi qu'il l'avait cru. Au contraire, elle répondait à son baiser avec la même ardeur que la sienne.

Il avait la tête vide. Et c'était une expérience terrifiante pour un homme qui avait l'habitude de contrôler ses pensées.

Puis son esprit s'emplit d'elle, de son odeur, de son toucher, de son goût.

Il rompit brutalement leur étreinte, songeant à sa propre survie et non plus à celle de Charity.

Il avait toujours été mû par l'instinct de survie.

Sa respiration peinait à retrouver un rythme normal. Il avait encore une main dans ses cheveux tandis que l'autre lui tenait le bras dans une poigne de fer.

Il ne pouvait pas se résoudre à la lâcher.

Il avait beau s'encourager mentalement à reculer, à quitter la pièce, il était incapable d'esquisser un mouvement.

Plongeant les yeux dans le regard de Charity, il y lut le même trouble, la même envie.

La maudissant en silence, il écrasa de nouveau sa bouche sur la sienne. Ce n'était pas le paradis qui le guettait, mais l'enfer.

Charity aurait voulu l'apaiser, l'obliger à plus de douceur, mais il ne lui en laissait pas l'occasion.

Comme la première fois, sa bouche lui communiquait une vibrante exigence, l'entraînant vers un lieu profond, obscur et brûlant d'où toute évasion lui semblait impossible.

Elle avait raison.

Il ignorait la douceur. Sa bouche était dure, cruelle... irrésistible.

Sans hésitation, sans penser à se préserver d'aucune façon, elle s'abandonnait totalement à lui, prenant ce qu'il lui donnait, offrant généreusement ce qu'il demandait.

Le dos plaqué contre la surface lisse et froide du réfrigérateur, prisonnière du corps dur et vigoureux de Roman, blottie dans sa chaleur, son odeur enivrante, elle aspirait à plus d'intimité encore.

L'excitation était si forte que la caresse rugueuse de son visage contre le sien suffisait à la faire trembler de plaisir.

Fébrile, elle lui mordilla la lèvre inférieure et sentit son ventre se nouer de désir tandis qu'il laissait échapper un gémissement avant de reprendre sa bouche avec plus de fièvre encore.

Elle avait envie qu'il la caresse.

Elle voulut murmurer cette demande pressante, mais ne parvint qu'à gémir.

Son corps devenait douloureux à force d'attendre. La simple pensée des mains de Roman sur son corps la mettait au bord de la transe.

Pendant un instant, leurs cœurs battirent l'un

contre l'autre au diapason, et elle eut envie que ce moment de perfection ne se termine jamais.

Roman prit soudain la décision de s'écarter, conscient de s'être dangereusement approché d'une ligne qu'il ne voulait pas franchir.

Il pouvait à peine respirer, et encore moins réfléchir.

Jusqu'à ce qu'il fût certain d'avoir retrouvé l'usage de toutes ses facultés mentales et physiques, il garda le silence.

— Vous feriez mieux d'aller vous coucher, dit-il enfin.

Charity resta où elle était, certaine que ses jambes se déroberaient si elle tentait le moindre mouvement.

Il se tenait encore assez proche d'elle pour qu'elle puisse sentir la chaleur qui émanait de son corps. Mais lorsqu'elle chercha son regard, elle comprit qu'il était déjà hors d'atteinte.

— Et c'est tout ? demanda-t-elle.

Roman perçut la douleur dans sa voix et chercha à se persuader que tout cela était arrivé par sa faute à elle.

Il voulut reprendre sa bière, mais changea d'avis en remarquant que sa main tremblait.

S'il devait tirer une leçon de ce qui venait de se passer, c'était qu'il avait intérêt à se débarrasser d'elle au plus vite.

— Vous n'êtes pas le genre à vous envoyer en l'air sur le sol de la cuisine, dit-il d'un ton volontairement blessant.

La couleur que la passion avait apportée à ses joues s'évanouit.

— Vous avez raison.

Après avoir pris une profonde inspiration, elle fit un pas en avant.

— C'est donc à cela que ça se résumait ?

Il serra les poings.

— Evidemment. Vous ne vous attendiez pas à autre chose, quand même ?

— Je vois.

Elle garda les yeux rivés sur lui, ne cherchant pas à dissimuler sa profonde déconvenue.

— Je suis désolée pour vous, Roman.

— Ne le soyez pas.

— Vous êtes responsable de vos propres sentiments, pas des miens, riposta-t-elle, les yeux étincelants de fureur. Et j'ai le droit d'être désolée pour vous si j'en ai envie. Certaines personnes perdent une main, une jambe ou un œil, et elles ont le choix entre s'adapter ou succomber à l'amertume. Je ne sais pas ce qui manque chez vous, Roman, mais c'est tout aussi tragique.

Sans attendre de réponse, elle tourna les talons et se dirigea vers la porte en quelques enjambées nerveuses.

— Pensez à éteindre la lumière, ajouta-t-elle depuis le seuil.

Il attendit qu'elle soit partie pour sortir une cigarette de son paquet.

Il avait besoin de reprendre ses esprits avant de s'attaquer à la fouille du bureau.

Mais ce qui l'inquiétait vraiment, c'était qu'il lui faudrait beaucoup plus longtemps encore pour reprendre le contrôle de son cœur.

Une heure plus tard, Roman entreprit de se rendre à la première station-service pour téléphoner.

Il marcha un kilomètre sans croiser une voiture et, comme il s'y attendait, tout était sombre et tranquille lorsqu'il arriva au village.

Le vent s'était levé, annonçant la pluie, et il

croisa les doigts pour que l'averse qui se préparait attende son retour à l'auberge.

Il composa un numéro et attendit la connexion.

— Conby.

— Dewinter.

— Vous êtes en retard.

Roman ne prit pas la peine de vérifier sa montre. Il savait qu'il était à peu près 3 heures du matin sur la côte Est.

— Je vous réveille ?

— Ne dites pas n'importe quoi, Dewinter. Je suppose que vous êtes dans la place ?

— Oui, c'est fait. Mlle Ford est quelqu'un de très... confiant.

— C'est aussi ce qui nous a semblé. Mais cela ne signifie pas pour autant qu'elle manque d'ambition. Qu'avez-vous trouvé ?

Une bonne raison de se sentir coupable, songea Roman en craquant une allumette.

— Il n'y a rien chez elle.

Il marqua une pause et approcha la flamme de sa cigarette.

— Un groupe de touristes canadiens vient d'arriver. Il y a eu un échange de monnaie. Environ cent dollars...

Il y eut un court silence à l'autre bout de la ligne.

— Ce n'est pas assez pour rentabiliser leur trafic, marmonna Conby.

— J'ai la liste de tous les clients, avec les noms et adresses.

— Je vous écoute.

Roman s'exécuta.

— C'est Block qui assure la visite. Il vient une fois par semaine pour un séjour d'une ou deux nuits, ça dépend de la formule.

— Nous avons un agent infiltré chez Vision Tours. Concentrez-vous sur Ford et son équipe. Il est impossible que ce trafic fonctionne sans un complice à l'auberge, et elle est la suspecte idéale.

— Ça ne colle pas.

— Je vous demande pardon ?

Roman écrasa sa cigarette sous le talon de sa botte.

— Je dis que ça ne colle pas. Je l'ai observée, j'ai fouillé ses comptes personnels. Elle garde moins de trois mille dollars en liquide. Tout le reste sert aux frais de fonctionnement.

— Je vois. Je suppose que notre amie n'a

pas entendu parler des comptes bancaires en Suisse ?

— Je vous dis qu'elle n'a pas le profil, Conby. Nous avons fait fausse route.

— Gardez vos états d'âme pour vous, Dewinter, et contentez-vous de faire votre travail. Je ne devrais pas avoir à vous rappeler qu'il nous a fallu près d'un an pour monter toute cette opération. Le FBI veut maintenant boucler cette affaire rapidement, et c'est ce que j'attends de vous. Si cela vous pose un problème, vous feriez mieux de me le dire tout de suite.

— Non, bien sûr que non, s'empressa de protester Roman.

Les considérations d'ordre personnel n'étaient pas de mise dans ce genre d'enquête, et il était bien placé pour le savoir.

— Vous voulez gagner du temps et épargner l'argent du contribuable, et c'est la même chose pour moi, poursuivit-il d'un ton conciliant. Je reprends très vite contact avec vous.

— Je l'espère bien.

Roman raccrocha avec agacement.

Il essaya de se consoler en songeant qu'il avait fait perdre une bonne nuit de sommeil à Conby. D'un autre côté, les types comme lui ne se tuaient pas à la tâche. Il réveillerait un obscur employé à 6 heures du matin et lui demanderait de vérifier la liste. Puis, il boirait son café, regarderait les informations télévisées, et attendrait les résultats dans sa confortable maison des beaux quartiers.

Le sale travail, c'était pour les autres.

C'était la règle du jeu, songea Roman tandis qu'il entamait sa longue marche de retour vers l'auberge.

Mais ces derniers temps, il en avait un peu assez d'agir selon les règles.

Charity l'entendit rentrer. Curieuse, elle jeta un coup d'œil à son réveil juste après que la porte se fut refermée.

Il n'était pas loin de minuit, et il pleuvait depuis environ une demi-heure.

Elle se demanda où il était allé.

Cela ne la regardait pas, se dit-elle en roulant sur le côté. Du moment qu'il faisait correctement son travail, Roman Dewinter était libre d'aller et venir. S'il avait envie de marcher sous la pluie, c'était son problème.

Mais comment avait-il pu l'embrasser ainsi et ne rien ressentir ?

Elle ferma les paupières et tenta de se laisser bercer par le crépitement régulier de la pluie.

C'était de ses propres sentiments qu'elle devait s'inquiéter, pas de ceux de Roman. Malheureusement pour elle, elle était trop émotive. Et cette fois-ci, justement, elle ne pouvait pas se le permettre.

Quelque chose d'étrange s'était produit en elle quand il l'avait embrassée. Ses convictions si bien ancrées s'étaient brusquement effondrées. Elle avait senti qu'elle était prête à oublier, même un bref instant, les interdits qu'elle s'était forgés depuis longtemps déjà et qui formaient autour d'elle un rempart infranchissable. Il aurait été si facile de tomber amoureuse de Roman, d'oublier ce qui l'avait amenée dans cette région perdue.

Pourtant, elle savait qu'elle n'avait rien à attendre d'un homme comme lui. Elle en avait eu le parfait exemple avec sa mère.

Celle-ci était tombée amoureuse d'un homme de passage et lui avait donné son cœur, sa confiance et son corps. Elle s'était retrouvée enceinte et abandonnée. Charity savait qu'elle s'était laissée dépérir en attendant son retour. Elle était morte à l'hôpital quelques jours après la naissance de son bébé. Trahie, rejetée et honteuse.

Charity n'avait découvert toute l'étendue du chagrin de sa mère qu'après la mort de son grand-père. Ce dernier avait en effet conservé le journal qu'elle tenait, ce qui lui avait ainsi permis de retracer toute l'histoire de sa naissance.

Puis elle l'avait brûlé. Non par honte, mais par pitié. La destinée de sa mère avait été tragique. Elle avait cherché l'amour pendant des années, l'avait attendu en conservant intactes ses illusions d'adolescente et n'avait trouvé que le chagrin et la mort.

La pluie qui redoublait de violence sur les carreaux tira Charity de sa rêverie.

Mais elle n'était pas sa mère.

Elle était beaucoup, beaucoup moins fragile.

Elle portait un prénom qui n'était qu'une des nombreuses manifestations de l'amour, peut-être la plus pure, et elle en avait toujours ressenti l'aura autour de sa vie.

Et puis Roman était venu bousculer ses certitudes.

Le cerveau en ébullition, elle tenta de faire

le tri parmi les pensées contradictoires qui s'y bousculaient.

Jamais elle n'avait désiré un homme avec une telle force, et elle ne voyait pas au nom de quoi elle devrait s'interdire de céder à la passion.

Bientôt il disparaîtrait de sa vie, et c'était sa seule chance de savoir à quoi ressemblait l'amour dans ses bras. Etait-il l'amant exceptionnel que sa façon d'embrasser laissait supposer ?

Il avait parlé de regrets, se rappela-t-elle.

Quoi qu'il se produise entre eux, qu'ils cèdent à leur désir ou trouvent la force de garder leurs distances, elle savait qu'elle en éprouverait de toute façon.

4

La pluie continua de tomber toute la matinée, de façon régulière, apportant une fraîcheur et une brume qui ne manquaient pas de charme.

Les nuages s'amoncelaient au-dessus de l'océan, noyant le paysage dans un camaïeu de gris. Les gouttes de pluie qui crépitaient avec violence sur le toit et les carreaux et le vent qui faisait claquer les volets semblaient ajouter au caractère isolé de l'endroit.

De bonne heure, Roman avait vu Charity, enveloppée dans un grand ciré à capuche, sortir Ludwig pour sa promenade matinale.

Il l'avait également vue revenir quarante minutes plus tard, dégoulinante d'eau. Bientôt, il avait entendu filtrer de la musique depuis sa chambre. Elle avait choisi cette fois quelque chose de lent et de mélancolique, avec une débauche de violons. Mais ce moment de détente n'avait guère duré et c'était presque avec regret qu'il l'avait soudain entendue se ruer vers la salle à manger.

Là où il se trouvait, au deuxième étage, il ne pouvait évidemment pas entendre le brouhaha de la cuisine, mais il imaginait sans mal la scène.

Mae et Dolores se disputaient probablement tout en préparant des gaufres ou des muffins, tandis que Charity avalait son café à la hâte, avant d'aller aider la serveuse à dresser les tables.

Elle avait sans doute les cheveux humides et gardait sur elle l'odeur de la pluie. Comme tous les matins, elle supportait avec patience les récriminations de Dolores.

Et quand les premiers clients pointeraient le bout de leur nez, elle les accueillerait avec un sourire, les appelant par leur nom et leur donnant l'impression qu'ils ne séjournaient pas dans un hôtel, mais chez une amie de longue date.

C'était vraiment une maîtresse de maison hors pair, songea Roman.

Etait-elle réellement aussi anodine et inoffensive qu'elle le paraissait ?

Une partie de lui avait désespérément envie d'y croire.

Et pourtant, cela lui paraissait impossible.

Tout le monde avait une ambition dans la vie, de la standardiste qui aspirait à devenir secrétaire au P.-D.G. qui rêvait de conquérir de nouveaux marchés.

Charity ne pouvait pas être à ce point différente des autres.

En tout cas, il n'y avait rien d'ordinaire dans le baiser qu'ils avaient échangé.

Il semblait tout à fait contradictoire qu'une femme aux yeux si calmes, à la voix si douce, possède en elle de telles réserves de passion.

Et pourtant, c'était bien le cas.

Mais peut-être cette démonstration passionnée n'était-elle rien d'autre que de la comédie, au même titre que son flegme.

D'une façon comme d'une autre, il était furieux contre lui-même de s'être laissé troubler à ce point.

Toutefois, en y réfléchissant un peu, sa réaction n'était pas totalement incompréhensible.

Jusqu'à présent, il avait vécu une vie solitaire et passablement turbulente. Même s'il l'avait choisie ainsi et ne s'en plaignait pas, il était logique qu'il soit, à un moment ou à un autre, attiré par une femme qui représentait tout ce qu'il n'avait jamais connu.

Et qu'il ne voulait pas connaître, se rappela-t-il en terminant de fixer une moulure.

Il n'allait pas prétendre avoir trouvé en elle des réponses sur le sens de la vie. Les seules réponses qu'il cherchait avaient un lien avec sa mission.

Et à propos de mission, il valait mieux attendre que la ruée du matin soit passée. Une fois que Charity serait dans son bureau, il descendrait et testerait son charme sur Mae.

Il avait conscience que ce ne serait pas chose facile.

Mae ne lui faisait à l'évidence pas confiance. Contrairement à Charity, elle était du genre à se méfier de tout le monde. Mais elle possédait un atout non négligeable : celui de connaître le fonctionnement de l'auberge encore mieux que sa propriétaire.

Et puis, pendant qu'il essaierait de tirer les vers du nez de la vieille dame, au moins ne penserait-il pas à Charity.

— Vous avez une petite mine, ce matin.
— Merci beaucoup.

Charity réprima un bâillement et se versa une seconde tasse de café. Elle était épuisée comme jamais elle ne l'avait été.

Quoi d'étonnant quand son corps devait se contenter de trois heures de sommeil ?

Elle pouvait remercier Roman, dont l'image la poursuivait toutes les nuits, lui inspirant des pensées extravagantes.

— Asseyez-vous, dit Mae en désignant la table. Je vais vous préparer des œufs.
— Je n'ai pas le temps. Je...
— Asseyez-vous, répéta la cuisinière, en agitant une cuillère de bois d'un air faussement menaçant. Il faut nourrir la machine si vous ne voulez pas qu'elle vous lâche.
— Mae a raison, intervint Dolores. On ne peut pas tenir le coup à grands renforts de café. Le corps a besoin de protéines, d'hydrates de carbone...

Elle posa d'autorité un muffin aux myrtilles sur la table avant de poursuivre :

— Moi, si je ne surveille pas mon apport de protéines, je deviens aussi faible qu'un agneau.

Le médecin prétend que c'est dans la tête, mais je suis sûre que je fais de l'*hydroglycémie.*

— Hypoglycémie, corrigea Charity.

— C'est bien ce que je dis. Dites donc, Mae, ce ne serait pas du luxe d'ajouter du bacon à ses œufs.

— Je m'en occupe.

Vaincue par le nombre, Charity se laissa tomber sur une chaise. Les deux femmes adoraient se crêper le chignon, mais quand elles avaient une cause à défendre, elles devenaient soudain les meilleures amies du monde.

Tout en sachant que c'était perdu d'avance, Charity essaya quand même de protester.

— Ce n'est rien, je vous assure. J'ai mal dormi la nuit dernière.

— Un bon bain chaud avant de vous coucher, voilà ce qu'il vous faut, affirma Mae tandis que le bacon grésillait dans la poêle. Attention, pas brûlant. Juste à bonne température.

— Avec des sels de bain, ajouta Dolores en posant devant elle un verre de jus d'orange. Pas de mousse ou d'huile. De bons vieux sels de bain. N'est-ce pas, Mae ?

— Ça ne peut pas faire de mal, marmonna

cette dernière. Le problème, c'est que cette petite travaille trop.

— Vous avez raison, murmura Charity. C'est d'ailleurs pourquoi j'ai fait passer une annonce dans le journal afin d'embaucher une serveuse.

— Inutile, répliqua Mae en cassant un œuf au-dessus de la poêle. Dites à Bob d'appeler pour annuler l'annonce.

— Quoi ? Mais pourquoi ?

Charity commença à se lever.

— Bon sang, Mae, si vous croyez que je vais reprendre Mary Alice, après...

— Je n'ai pas dit ça. Et ne jurez pas devant moi, jeune personne.

— J'ai remarqué que cela lui arrivait fréquemment quand elle était fatiguée, intervint Dolores.

— Excusez-moi, marmonna Charity. Mais j'avais l'intention de recevoir des candidates cette semaine. Je ne peux pas continuer comme ça.

— La fille de mon frère a quitté son bon à rien de mari et elle est rentrée à la maison.

Le dos tourné à Charity, Mae égoutta le bacon et vérifia la cuisson des œufs, avant de jeter un coup d'œil par-dessus son épaule.

— Vous vous souvenez sûrement d'elle.

Bonnie. Elle a travaillé ici l'été quand elle était étudiante.

— Oui, je m'en souviens. Elle a épousé un musicien, je crois.

Mae haussa les épaules.

— Un joueur de saxophone ! dit-elle, comme si cela expliquait tout. Elle a en eu assez de vivre dans une caravane et elle est retournée chez ses parents, il y a deux semaines. Depuis, elle cherche du travail, mais sans succès.

Avec un soupir, Charity se passa la main dans les cheveux.

— Pourquoi ne me l'avez-vous pas dit plus tôt ?

— Vous n'aviez pas besoin de quelqu'un avant.

Mae fit glisser les œufs et le bacon dans l'assiette.

— Maintenant, c'est le cas.

Charity leva les yeux vers la vieille dame, dont le cœur était aussi large que le reste de sa personne.

— Quand peut-elle commencer ?

Mae toussota et s'empressa d'aller essuyer son fourneau.

— Je lui ai dit de passer cet après-midi.

— Bien.

Ravie de voir que la question était réglée, Charity prit sa fourchette et attaqua ses œufs avec appétit.

Roman poussa la porte et resta sans voix.

Il était persuadé que Charity serait occupée à l'une des dizaines de corvées qu'elle se faisait un devoir de prendre en charge. Au lieu de quoi, elle était assise dans la cuisine douillettement chauffée et emplie de délicieuses odeurs.

Un peu comme la veille.

A la différence près qu'elle ne semblait pas vraiment détendue, cette fois.

Son sourire s'était évanoui à l'instant où elle l'avait vu entrer, et elle s'était redressée sur sa chaise, sa fourchette arrêtée à mi-chemin de ses lèvres.

Après quelques instants d'hésitation, elle détourna la tête et continua son repas, lui assenant métaphoriquement une claque en plein visage.

Il oublia son idée de déjeuner en bavardant avec Mae. Pour le moment, il se contenterait d'un café.

— Je me demandais où vous étiez passé, dit cette dernière, en sortant de nouveau le bacon du réfrigérateur.

— Je ne voulais pas vous déranger.

Il désigna la cafetière d'un signe de tête et ajouta :

— J'avais pensé me monter une tasse.

— Il faut manger, protesta Dolores en déposant rapidement une assiette et des couverts en face de Charity. N'est-ce pas, Mae ? Un homme ne peut pas travailler sans un solide petit déjeuner.

Mae enveloppa Roman d'un regard critique.

— Bah, il a des réserves...

— Les repas sont inclus dans votre contrat, intervint Charity. Si vous n'aimez pas les œufs, je suis sûre que Mae se fera un plaisir de vous préparer des pancakes.

— Je n'ai rien contre les œufs.

Il prit la tasse que Mae lui tendait et but son café debout, accoté à l'îlot central.

Elle n'avait pas à se sentir coupable, décida Charity. Après tout, c'était elle la patronne, et Roman était un employé comme les autres.

Mais elle ne supportait plus ce silence lourd de rancœur et d'incompréhension.

— Mae, je voudrais des petits fours et des clubs sandwichs pour le thé. La pluie va durer toute la journée, et j'ai pensé que nous pourrions nous réunir dans le fumoir.

L'appétit soudain coupé, elle sortit un bloc-notes de la poche de sa veste.

— Une cinquantaine de sandwichs devrait suffire si nous ajoutons un plateau de fromages, reprit-elle. Il faudra aussi prévoir deux bouteilles isothermes de thé et une de chocolat.

— Pour quelle heure ?

— 16 heures. Puis nous servirons le vin à 18 heures comme d'habitude, pour ceux qui voudront s'attarder. Vous demanderez à votre nièce de vous aider.

Elle semblait fatiguée, remarqua Roman en l'observant prendre des notes. Elle avait le visage blême, les yeux cernés, et paraissait étrangement fragile.

Selon toute vraisemblance, elle avait hâtivement tiré ses cheveux en queue-de-cheval alors qu'ils étaient encore humides. Quelques mèches s'en étaient échappées en séchant, plus claires que le reste de sa chevelure, et il éprouva soudain l'envie de les repousser derrière ses oreilles.

— Finissez donc vos œufs, dit Mae à la jeune femme.

Puis elle s'adressa à lui :

— Les vôtres sont prêts.

— Merci.

Il s'assit, malgré l'envie qu'il avait de se trouver à dix kilomètres de là.

— Pouvez-vous me passer le sel ? murmura-t-il.

Sans lui accorder un regard, Charity poussa la salière dans sa direction. Leurs doigts s'effleurèrent et elle recula brusquement, comme si elle venait de se brûler.

— Merci.

— Pas de quoi, marmonna-t-elle.

— Quel temps…, dit-il en espérant qu'elle lèverait enfin les yeux vers lui.

C'est ce qu'elle fit, et il put constater qu'elle était en colère contre lui.

Cela ne le dérangeait pas. Au contraire, il préférait ça à une indifférence polie.

— J'aime la pluie, répliqua-t-elle, avec l'intention évidente de le contrarier.

— Tous les goûts sont dans la nature, dit-il en ouvrant son muffin en deux.

Dolores commença à se plaindre que l'humidité lui faisait mal aux sinus. Tandis qu'elle se mouchait bruyamment, Charity esquissa un soupir, vite réprimé.

— Vous trouverez toute la peinture dont vous avez besoin dans le placard sur le palier. Les pièces correspondantes sont indiquées sur le couvercle.

— Bien.

— Il y a aussi des pinceaux et des rouleaux. C'est à droite en montant l'escalier.

— Je trouverai.

— Bon. Il y a un robinet qui fuit dans le chalet n° 4.

— J'y jetterai un œil.

— Une des fenêtres du palier de l'aile est ne s'ouvre pas. On dirait que quelque chose coince.

Il lui adressa un regard impassible.

— Je la décoincerai.

— Très bien.

Charity remarqua soudain que Dolores avait cessé de se plaindre et l'observait d'un air réprobateur. Penchée au-dessus d'un saladier, Mae affichait également une moue critique.

Elle pesta mentalement en repoussant son assiette.

Eh bien oui, elle donnait des ordres comme un sergent-chef acariâtre. Et alors ? Elle était chez elle, et elle faisait ce qu'elle voulait.

Si seulement il ne se montrait pas aussi conciliant, aussi poli. Elle voulait le pousser à bout, faire en sorte qu'il se sente aussi crispé et aussi grincheux qu'elle.

Elle sortit un trousseau de clés de sa poche.

— N'oubliez pas de les rapporter au bureau quand vous aurez fini. Le numéro des chambres se trouve sur les étiquettes.

— Bien, madame.

Les yeux rivés sur elle, il fit tomber les clés dans la poche de sa chemise.

— Autre chose ?

— Je vous le ferai savoir.

Elle se leva, porta son assiette jusqu'à l'évier, et s'esquiva sans ajouter un mot.

— Mais que lui arrive-t-il ? demanda Dolores. On aurait dit qu'elle était prête à mordre.

— Elle a mal dormi, voilà tout, répliqua Mae, toujours prête à prendre la défense de sa protégée.

Plus inquiète qu'elle ne voulait le montrer, elle posa le saladier où elle avait commencé à mélanger des œufs et du sucre, prit la cafetière, et se dirigea vers Roman.

— Charity n'est pas dans son état normal, ce matin, expliqua-t-elle, telle une mère trop indulgente cherchant à excuser un enfant indiscipliné. Mais elle travaille trop depuis quelque temps.

Roman haussa les épaules.

— Bah, ce n'est rien. J'ai la peau dure. Peut-être devrait-elle déléguer davantage ?

— Elle ?

Ravie qu'il ne se soit pas plaint, Mae se fit plus communicative.

— Elle a ça dans le sang. Elle se sent responsable si un client se casse un ongle. Exactement comme son pauvre grand-père.

Mae ajouta une pointe de vanille et se remit à mélanger sa préparation.

— Il faut qu'elle mette son nez partout. A part dans ma cuisine.

Le visage rond de Mae s'éclaira d'un sourire.

— Je l'ai fait sortir d'ici à coups de torchon quand elle était gamine, et je pourrais encore le faire aujourd'hui si nécessaire.

— Cette petite ne sait même pas faire chauffer de l'eau sans brûler la casserole, remarqua Dolores.

— Elle pourrait si elle le voulait, riposta sèchement Mae.

Puis elle reporta son attention sur Roman, non sans avoir exprimé son mécontentement par un bruyant reniflement.

— Elle n'est pas obligée de cuisiner puisque je suis là, et elle est assez intelligente pour le comprendre. Mais pour tout le reste, que ce soit la couleur de la porte d'entrée ou la tenue des livres de comptes, rien ne se fait sans son accord. Je ne connais personne qui prenne autant à cœur ses responsabilités que cette enfant.

Roman s'empressa de saisir la perche qu'elle lui tendait.

— C'est une remarquable qualité. Je suppose

que vous êtes ici depuis longtemps, pour si bien la connaître ?

— Vous pensez ! Je l'ai connue bébé. En juin, cela fera vingt-huit ans que je travaille à l'auberge.

Elle désigna Dolores de la tête.

— Ça ne fait que huit ans qu'elle est là.

— Neuf, corrigea Dolores d'un ton outré. Neuf ans, ce mois-ci.

— On dirait que les employés se plaisent ici, remarqua innocemment Roman.

— C'est bien vrai, répondit Mae. Il faut dire que Charity est une patronne facile.

Se mordillant la lèvre, elle mesura la farine avec précision puis la versa dans le saladier.

— Elle était simplement un peu patraque, ce matin, n'y faites pas attention, conclut-elle.

— C'est vrai qu'elle m'a paru un peu fatiguée. Je suppose qu'elle va se reposer cet après-midi.

— Ça ne risque pas.

— L'équipe qui s'occupe du ménage m'a pourtant l'air au point.

— Elle trouvera toujours un lit à refaire. Et je ne vous parle pas de la paperasse.

— Je croyais que Bob s'occupait des comptes.

— Elle passe toujours derrière pour recompter

le moindre cent. Mais ne vous méprenez pas, il ne s'agit pas d'un manque de confiance. Seulement, je crois qu'elle en mourrait de honte si une facture n'était pas payée à temps, ou s'il y avait une erreur dans une commande.

— J'ai l'impression que rien de ce qui se passe ici ne lui échappe.

— Ah, ça, vous pouvez le dire !

Remarquant Dolores qui soufflait une fois de plus dans son mouchoir, elle s'emporta soudain.

— Arrêtez de vous moucher n'importe où ! Vous allez me mettre des microbes dans mon plat. Vous feriez mieux de boire de l'eau chaude avec du citron.

— Plutôt un thé avec du miel.

— Du citron, je vous dis. Le miel va vous obstruer la gorge.

— Ma mère me donnait toujours du thé au miel.

Elles se disputaient encore lorsque Roman se glissa discrètement hors de la pièce.

Roman passa une grande partie de la journée enfermé dans l'aile ouest. Bien qu'il ait entendu plusieurs fois Charity aller et venir dans le couloir, ni l'un ni l'autre n'avaient cherché à se rencontrer.

Non seulement le travail manuel l'aidait à réfléchir, mais il se sentait plus objectif quand elle n'était pas dans les parages.

Les commentaires de Mae l'avaient conforté dans ses observations et avaient confirmé les informations qui lui avaient été fournies. Charity Ford dirigeait bel et bien l'auberge de A à Z. Rien de ce qui s'y passait ne pouvait lui échapper.

Logiquement, cela signifiait qu'elle était impliquée dans l'opération à laquelle il était venu mettre un terme, voire qu'elle en était le cerveau.

Et pourtant, ce qu'il avait dit la veille à Conby lui semblait toujours aussi exact.

Ça ne collait pas.

Charity travaillait sans relâche pour assurer le succès de son entreprise. Il l'avait vue faire à peu près tout dans l'auberge, du rempotage des géraniums à la coupe du bois pour le feu.

Et, à moins qu'elle ne soit une actrice exceptionnelle, cela avait l'air de lui plaire.

Par ailleurs, elle ne semblait pas du genre à

aimer l'argent facile, et elle n'affichait aucuns signes extérieurs de richesse.

Mais ce n'était pas une preuve.

Le problème, c'était que Conby ne voulait rien d'autre que des faits, et que de son côté, il avait toujours beaucoup compté sur son intuition.

Son travail consistait à prouver la culpabilité de Charity, pas son innocence. Et pourtant, en moins de deux jours, ses priorités avaient changé.

Cela n'avait rien à voir avec le fait qu'il la trouvait attirante. Il avait déjà arrêté des femmes aussi séduisantes qu'elle sans le moindre état d'âme. Pour lui, pas question d'entraver l'action de la justice. Une des rares choses en quoi il croyait.

Il ne lui restait qu'une solution : faire la preuve que ses conclusions à l'égard de Charity étaient basées sur autre chose que les émotions qu'elle avait réussi à faire naître en lui.

Le ressenti et l'instinct étaient deux choses différentes, et si un homme dans sa position s'autorisait à se laisser diriger par ses émotions, il ne servait plus à rien.

Mais alors, de quoi s'agissait-il ?

Il avait beau retourner la question dans tous les

sens, il était incapable de s'expliquer pourquoi il était à ce point convaincu de son innocence.

Cela devait venir de cet endroit, de l'atmosphère dans laquelle elle évoluait. Il avait envie de croire que de tels lieux, de telles personnes, existaient.

Il s'amollissait. Une jolie femme, de grands yeux bleus, et il se mettait à croire aux contes de fées.

Ecœuré, il porta les pinceaux et les rouleaux dans l'évier pour les nettoyer.

Il ferait mieux de marquer une pause. Dans le travail et dans ses pensées.

Dans le fumoir, Charity déposait une pile de disques devant Millie et Lucy. Mais quoi qu'elle fasse, ses pensées la ramenaient sans cesse à Roman.

— Quelle charmante idée…, dit Lucy en chaussant ses lunettes pour consulter les titres. Un thé dansant, comme au bon vieux temps…

De l'aile est leur parvinrent les hurlements d'un jeune enfant et Millie jeta un regard entendu dans cette direction.

— Je suis certaine que cela distraira tout le monde...

— Les jeunes gens d'aujourd'hui ne savent plus comment s'occuper, remarqua Millie. Oh, regardez !

Elle prit un 33 tours.

— Un disque de tango argentin... N'est-ce pas délicieux ?

— Choisissez vos préférés, dit Charity, tout en balayant la pièce d'un regard distrait.

Comment aurait-elle pu préparer cette animation quand la seule chose qui occupait son esprit était la façon dont Roman l'avait regardée au petit déjeuner ?

Le long buffet ainsi qu'une petite desserte avaient été dégagés pour y poser les rafraîchissements et les petits fours. Si elle pouvait compter sur Mae, et c'était toujours le cas, ceux-ci ne tarderaient pas à arriver.

Roman viendrait-il ? Entendrait-il la musique et se glisserait-il silencieusement dans la pièce ? Son regard se poserait-il sur elle avec une intensité telle qu'elle en oublierait tout le reste ?

Elle devenait folle, se dit-elle en consultant sa montre. Il était 15 h 30. Le message avait été passé à tous les clients, et avec un peu de chance, elle serait prête pour les accueillir.

Voyant Millie et Lucy plongées dans une discussion au sujet de Sinatra, elle les abandonna un instant pour pousser le canapé.

— Que faites-vous ?

Elle poussa un petit cri et maudit Roman en silence.

— Si vous continuez à rôder sans bruit comme ça, je vais finir par croire que Mae avait raison de vous prendre pour un cambrioleur...

— Je ne rôdais pas. Vous étiez tellement occuper à souffler comme un bœuf que vous ne m'avez pas entendu.

Rejetant ses cheveux en arrière, elle lui adressa un regard outré.

— Je ne soufflais pas comme un bœuf. Mais j'étais effectivement occupée, et si vous pouviez rester en dehors de mon chemin...

Comme elle agitait la main pour le chasser, il la prit et la garda prisonnière de la sienne.

— Je vous ai demandé ce que vous faisiez.

Elle tira, se débattit plus fort, jusqu'à ce qu'elle parvienne à se libérer. S'il avait envie de se disputer, elle serait ravie de lui faire ce plaisir.

— Je tricote une écharpe, répliqua-t-elle d'un ton moqueur. Ça ne se voit pas ?

— Vous ne pouvez pas déplacer ce canapé.

Elle se planta devant lui, les mains sur les hanches.

— Et pourquoi, je vous prie ?

— Il est trop lourd.

— Ridicule ! Je l'ai déjà déplacé un millier de fois.

Elle baissa la voix lorsqu'elle prit conscience des regards curieux que lui lançaient Millie et Lucy.

— Et si vous voulez bien bouger de là, je vais recommencer.

Il resta où il était, prenant de toute évidence un malin plaisir à la gêner.

— Il faut vraiment que vous vous occupiez de tout, n'est-ce pas ?

— Ce qui veut dire ?

— Où est votre assistant ?

— L'ordinateur est en panne. Et comme Bob s'y connaît beaucoup mieux que moi, c'est lui qui s'en occupe pendant que je déplace les meubles. Et maintenant...

— Où voulez-vous le mettre ?

— Je ne vous ai pas demandé...

Roman s'était déjà déplacé vers l'autre côté du canapé.

— Alors, je le mets où ?
— Contre le mur.

Charity souleva son côté, et le canapé fut déplacé en un instant.

— Autre chose ?

Elle lissa sa robe du plat de la main.

— Je vous ai déjà donné toute une liste de tâches à accomplir.

Il lui adressa un sourire goguenard.

— Tout est fait.
— Le robinet du chalet n° 4 ?
— J'ai changé le joint.
— La fenêtre du palier ?
— Un coup de papier de verre.
— Et la peinture ? demanda-t-elle, contenant sa colère à grand-peine.
— La première couche est en train de sécher. Vous voulez vérifier ?

Elle soupira. Ce n'était pas facile de rester fâchée alors qu'il avait fait tout ce qu'elle lui avait demandé.

— Efficace, monsieur Dewinter...
— Je ne vous le fais pas dire. Quant à vous,

j'ai l'impression que vous avez repris du poil de la bête.

— Pardon ?

— Vous aviez l'air un peu fatiguée ce matin.

Roman l'enveloppa d'un long regard appréciateur. Le bustier de sa robe de soie grise boutonnée de haut en bas épousait le contour harmonieux de son corps, tandis que la jupe fluide et évasée dansait autour de ses jambes. Il se demanda combien de temps il lui faudrait pour défaire tous ces boutons.

— Mais je vois que ça va mieux, ajouta-t-il.

Charity s'aperçut soudain qu'elle avait retenu son souffle tout le temps qu'avait duré son examen.

— Je suis trop occupée pour être fatiguée, dit-elle.

Soulagée, elle fit signe à la serveuse qui entrait avec un plateau.

— Posez ça sur le buffet, Lori.

— J'apporte la suite.

— Bien. Il faut seulement que je...

Elle s'interrompit en voyant entrer le premier flot de clients. Ravalant sa fierté, elle se tourna vers Roman. S'il tenait à traîner dans les parages, autant qu'il se rende utile.

— Pourriez-vous rouler le tapis ? Ensuite, vous serez le bienvenu si vous avez envie de danser.
— Merci. Je vais peut-être rester.

Charity avait le don de mettre les gens à l'aise, songea Roman en la regardant accueillir les clients, prendre leur veste, leur offrir un rafraîchissement...
— Oh, monsieur Dewinter...
Enveloppée d'une odeur sucrée de violette, Millie lui tendit une tasse sur une soucoupe.
— Tenez, rien de tel qu'un bon thé pour chasser les idées sombres un jour de pluie.
Roman lui sourit, persuadé qu'elle serait horrifiée si elle savait ce à quoi il pensait.
— Merci.
— J'adore danser, dit-elle en regardant un couple évoluer lentement au rythme d'une valse. Quand j'étais jeune, je ne pensais qu'à la danse. J'ai rencontré mon fiancé à une réception comme celle-ci. C'était il y a cinquante ans, vous imaginez ? Nous avons dansé pendant des heures.

Il ne se considérait pas comme un homme

galant, mais la vieille dame était tellement adorable qu'il ne put résister.

— M'accorderiez-vous cette danse ?

La peau parcheminée de Millie se teinta d'une délicate nuance de rose.

— J'en serais ravie, cher monsieur.

Tandis qu'elle regardait Roman guider Millie vers la piste de danse, Charity sentit son cœur se gonfler de tendresse. Elle essaya de s'endurcir, mais elle savait que c'était peine perdue.

C'était adorable de sa part, pensa-t-elle, d'autant qu'il n'était pas un homme délicat. Elle doutait que les thés dansants et les vieilles filles romantiques soient le style de Roman, mais Millie se souviendrait longtemps de cette journée.

Quelle femme ne réagirait-elle pas ainsi ? Danser avec un homme sombre et mystérieux par un après-midi pluvieux était un souvenir à garder pressé entre les pages d'un livre, telle une rose rouge.

C'était une chance qu'il ne l'ait pas invitée. Elle avait déjà engrangé suffisamment de souvenirs à son sujet.

Avec un soupir, elle escorta un groupe d'enfants

vers le salon de télévision et inséra un film de Disney dans le magnétoscope.

— Ce fut un plaisir…, dit Millie quand la musique s'arrêta.

Roman, qui avait vu Charity quitter la pièce et avait l'esprit ailleurs, sursauta.

— Pardon ? Tout le plaisir était pour moi, ajouta-t-il, se ressaisissant.

Poussant le jeu jusqu'au bout, il s'inclina pour un baisemain, portant à son apogée le ravissement de la vieille dame.

Le temps qu'il la raccompagne ensuite à son siège, Charity était revenue parmi eux et acceptait l'invitation à danser d'un fringant quinquagénaire.

La musique avait changé, et le rythme était rapide et entraînant. Un mambo, peut-être. Ou bien un merengue. Il n'avait jamais su faire la différence.

Charity s'y connaissait apparemment, exécutant les pas compliqués comme si elle avait fait ça toute sa vie.

Il la suivit des yeux un moment, subjugué par la grâce de chacun de ses gestes et par le mouvement de sa jupe fluide qui moulait et dévoilait tour à tour ses longues jambes, au gré des mouvements de la danse.

Soudain, elle se mit à rire à gorge déployée tandis qu'elle virevoltait avec aisance dans les bras de son cavalier.

Un brusque sentiment de jalousie l'envahit. L'homme qui semblait tellement lui plaire était assez âgé pour être son père.

S'y ajouta un autre sentiment plus dérangeant : le désir. Il avait envie d'elle, envie de la prendre par la main et de l'entraîner hors de cette pièce bondée, dans un endroit sombre et calme où seul le bruit de la pluie viendrait troubler le silence.

Il voulait voir ses yeux s'écarquiller et s'embrumer comme lorsqu'il l'avait embrassée. Il avait envie de sentir ses lèvres s'ouvrir et s'enfiévrer sous les siennes.

— Elle est douée, n'est-ce pas ?

Roman sursauta tandis que Bob se penchait pour prendre un sandwich sur le buffet.

— Pardon ?

— Charity... C'est merveilleux de la regarder danser.

Il enfourna dans sa bouche la totalité du sandwich.

— Elle a essayé de m'apprendre, dans l'espoir que je puisse distraire les clientes lors d'occasions comme celle-ci. Le problème, c'est que j'ai deux pieds gauches.

Il haussa les épaules et prit un autre sandwich.

— Vous avez réussi à réparer l'ordinateur ?
— Oui. Ce n'était rien du tout, répondit-il avant que le triangle de pain disparaisse dans sa bouche. Et vous ? Comment ça se passe ? Le travail avance ?
— Tout à fait... Je devrais avoir terminé d'ici deux semaines.

Il regarda Bob se verser une tasse de thé et y ajouter trois sucres.

— Charity vous trouvera quelque chose d'autre à faire, ne vous inquiétez pas.

Il suivit un instant des yeux Charity qui dansait à présent un fox-trot avec un autre cavalier.

— Elle a toujours de nouvelles idées pour améliorer l'auberge. Ces derniers temps, elle parlait de créer un solarium et d'acheter un Jacuzzi.

Roman alluma une cigarette, tout en observant

les clients. Deux d'entre eux semblaient seuls, bien qu'ils soient en train de discuter avec des gens du groupe. Quant à Block, il se tenait au fond de la salle, et faisait circuler un plateau de sandwichs avec une aisance étonnante, tout en affichant son sempiternel sourire commercial.

— J'ai l'impression que l'auberge marche plutôt bien, remarqua-t-il.

— Oui, c'est assez stable, répondit Bob en reportant son attention sur les petits fours. On a essuyé quelques tempêtes, mais Charity a toujours su redresser la barre.

— Je ne m'y connais pas très bien en hôtellerie, mais j'ai l'impression qu'elle sait ce qu'elle fait.

— Vous pouvez le dire. Cette auberge ne serait rien sans elle.

— Vous travaillez pour elle depuis longtemps ?

— Deux ans et demi. Elle ne pouvait pas vraiment se permettre de m'engager, mais elle voulait moderniser l'affaire, informatiser la comptabilité. Apporter du sang neuf, comme elle disait... Et c'est exactement ce qu'elle a fait.

— Apparemment.

— Et vous ? Combien de temps comptez-vous rester ?

— Aussi longtemps qu'il le faudra.

Bob prit une gorgée de thé.

— C'est-à-dire ?

— Jusqu'à ce que le travail soit terminé. J'aime bien finir ce que j'ai commencé.

— Je comprends.

Disposant rapidement quelques petits fours sur une assiette, Bob ajouta :

— Je vais aller proposer ça aux dames en espérant qu'elles me laisseront les manger.

Roman le regarda passer devant Block et échanger quelques mots avec lui. Puis, décidant qu'il en avait assez vu, il se retira discrètement vers l'aile ouest.

Il pleuvait toujours lorsque Roman revint faire un tour au fumoir quelques heures plus tard.

Un air de jazz des années 50 jouait en sourdine. La pièce était presque plongée dans l'obscurité, la seule source de lumière provenant du feu de cheminée et d'une lampe en opaline posée sur une desserte.

Il n'y avait plus personne, à l'exception de

Charity, qui s'occupait à remettre de l'ordre tout en fredonnant l'air de musique.

— La fête est terminée ?

Elle lui jeta un coup d'œil puis continua d'empiler rapidement les tasses et les assiettes.

— Oui. Vous n'êtes pas resté longtemps.

— J'avais du travail.

— Roman, j'étais fatiguée, ce matin, mais ce n'était pas une excuse pour me montrer grossière avec vous. Je suis désolée si je vous ai donné l'impression que vous ne pouviez pas faire une pause et vous amuser.

Roman se sentit gêné. Il ne voulait pas accepter des excuses qu'il savait ne pas mériter.

— J'aime travailler.

— Quoi qu'il en soit, je n'ai pas l'habitude de donner des ordres comme ça. J'étais en colère contre vous.

— Et vous ne l'êtes plus ?

Elle leva les yeux et affronta son regard.

— Si. Mais c'est mon problème. Et je m'en veux aussi d'avoir agi comme une enfant parce que vous ne m'avez pas laissée faire ce que je voulais la nuit dernière.

Mal à l'aise, il prit une carafe à décanter et versa le reste de vin dans un verre.

— Vous n'avez pas agi comme une enfant.

— Comme une femme blessée, alors, ou quelque chose d'aussi exagérément dramatique. Et puis, évitez de me contredire quand j'essaie de m'excuser.

En dépit de ses efforts pour rester impassible, Roman sentit ses lèvres se retrousser dans un sourire qu'il cacha contre le rebord de son verre. S'il ne faisait pas attention, il pourrait bien découvrir qu'il était fou d'elle.

— D'accord. Vous avez autre chose à ajouter ?

— Trois fois rien.

Elle prit l'un des rares petits fours qui restaient et le mit dans sa bouche, puis elle regarda Roman d'un air hésitant.

— Je ne devrais pas laisser mes sentiments personnels interférer dans ma gestion des affaires... Mon problème, c'est que tout ce que je fais est plus ou moins connecté avec l'auberge.

— Ni l'un ni l'autre ne pensions à l'auberge, hier soir.

— C'est vrai.

— Voulez-vous remettre le canapé à sa place ?

— Bonne idée.

Une fois que ce fut fait, elle retapa les coussins.

— Je vous ai vu danser avec Millie. Elle était ravie.

— Je l'aime bien.

— Je sais. Pourtant, vous ne semblez pas être le genre d'homme à vous attendrir facilement.

— Non.

— Vous avez eu une vie difficile ?

— Pas spécialement.

— Je suppose que vous ne me le diriez pas, de toute façon. Il faut que j'apprenne à ne pas vous poser de questions. Et si nous faisions la paix ? La vie est trop courte pour garder de la rancune.

— Je n'ai aucun mauvais sentiment à votre égard.

Elle esquissa un sourire.

— Bien que ce soit tentant, je ne vous demanderai pas quel genre de sentiments vous avez pour moi.

— Je ne serais pas capable de vous répondre car je ne le sais pas encore moi-même.

Surpris d'avoir avoué une telle chose, il termina son verre et le posa.

Paraissant stupéfaite, elle repoussa ses cheveux des deux mains.

— Eh bien... Je crois que c'est la première chose sincère que vous me dites. Dois-je en conclure que vous êtes prêt à faire une trêve ?

— Bien sûr.

Elle tourna la tête vers la platine de disques, tandis qu'un nouveau morceau commençait.

— C'est mon préféré : *Smoke gets in your eyes*. Vous ne m'avez pas invitée à danser, ajouta-t-elle avec un sourire en le regardant.

— Non.

— Millie affirme que vous êtes un excellent cavalier.

Elle lui tendit la main dans un geste qui était plus une offre de paix qu'une invitation.

Incapable de résister, il la prit dans la sienne.

5

Baignant dans la lumière chatoyante du feu qui pétillait dans l'âtre, la pièce où régnait un silence feutré, que troublait à peine la pluie qui crépitait contre les carreaux, était devenue un monde à part qui n'appartenait qu'à eux.

Le disque usé grésillait et la musique incroyablement triste teintait l'ambiance de mélancolie.

Qu'il le veuille ou non, songea Roman, leurs deux corps s'accordaient. Les quelques centimètres supplémentaires apportés par ses talons mettaient les yeux de Charity à la hauteur des siens et la fragrance légère qui semblait faire partie d'elle lui envahissait les narines à chaque inspiration.

Troublé, il resserra son étreinte. Leurs cuisses se frôlaient, la chaleur de leurs corps se communiquait l'un à l'autre. Il sentait son cœur battre contre le sien, de plus en plus vite.

Tout était si calme. Il n'y avait que la musique, la pluie, le souffle du feu.

Etait-ce donc à cela que tout se résumait ?

Lui suffisait-il de la toucher pour penser qu'elle était le début et la fin de tout ?

Et pour espérer...

Sa main remonta le long du dos de sa cavalière et se crispa dans ses cheveux quand il concrétisa sa pensée.

Pour espérer qu'elle soit à lui...

Il ne savait pas à quel moment ce sentiment avait pris naissance en lui. Peut-être la première fois qu'il avait posé le regard sur elle, mais il n'en avait pas eu conscience.

Alors que la barrière entre eux aurait dû être infranchissable, sa raison fléchissait quand il tenait dans ses bras le corps souple et tiède de Charity.

Charity aurait voulu sourire, plaisanter, mais les mots restaient coincés dans sa gorge.

Avalant sa salive, elle fit une nouvelle tentative, tout aussi vaine que la première.

Pourquoi la regardait-il ainsi ? Comme si elle était la seule femme qu'il ait jamais vue, ou qu'il ait jamais eu envie de regarder.

A cause de son attitude, elle en oubliait que cette danse n'était au départ qu'un geste d'amitié.

Sans doute ne serait-elle jamais son amie. Toutefois, à la façon dont ses yeux la caressaient, elle devinait qu'elle n'aurait aucun mal à devenir son amante.

Malgré elle, car elle savait qu'elle avait tort, elle s'en réjouit. La chanson parlait d'amour trahi, mais elle n'en retenait que la poésie, toute volonté évanouie. Rien n'avait plus d'importance tandis qu'ils se mouvaient au rythme lent de la musique, étroitement enlacés.

Non, plus rien ne comptait tant qu'elle était dans ses bras.

Sans réfléchir, suivant ce que lui dictait son cœur, elle pressa ses lèvres sur les siennes.

Un flot de sensations l'envahit, fait d'excitation et de peur, tandis qu'il lui répondait avec une passion qui la laissa bientôt pantelante de désir.

Ainsi, c'était cela qui poussait les gens à commettre des actes fous, désespérés, songea-t-elle tandis que leurs langues se mêlaient voluptueusement. Ce plaisir sauvage, douloureux, impossible à oublier une fois qu'on l'avait expérimenté.

Chancelante, les yeux clos, elle noua les bras autour de sa nuque, se plaqua plus étroitement contre lui, et se laissa consumer dans la violence et la passion de cette étreinte, répondant de toute son âme à cette soif dévorante, à cette urgence presque désespérée qu'elle sentait dans son baiser.

Soudain, il rejeta la tête en arrière et, le souffle court, scruta son visage.

Ce qu'elle lut alors dans son regard exprimait tout ce qu'elle espérait confusément depuis leur premier baiser : la douceur, la tendresse...

Il lui prit délicatement le visage dans les mains, suivit d'un doigt avec douceur le contour de sa bouche entrouverte, puis s'inclina pour parcourir de petits baisers son front, ses paupières, avant d'embrasser délicatement ses lèvres.

Médusée, elle vacilla.

Il y avait une telle beauté, une telle magie dans cet instant...

La douceur et le respect qu'il lui témoignait réveillèrent en elle ce que la passion n'avait pu engendrer et, tel un oiseau ouvrant les ailes, elle sentit son cœur s'envoler vers lui.

La découverte du véritable et unique amour était une expérience dévastatrice et, tandis que les larmes lui brûlaient les paupières, elle prit conscience que rien ne serait plus jamais pareil après cela.

Bouleversée, elle s'écarta et porta une main tremblante à sa tempe.

— Roman...

— Viens avec moi, murmura-t-il d'une voix enrouée. Je veux tout connaître de toi. Te déshabiller. Te toucher...

— Charity ! Mae voudrait que vous...

Charity tourna la tête pour voir Lori s'arrêter net sur le seuil, ne sachant apparemment si elle devait s'enfuir en courant ou feindre de n'avoir rien remarqué.

— Excusez-moi, je ne voulais pas...

L'esprit égaré, le corps en feu, Charity se ressaisit tant bien que mal.

— Ce n'est rien. Que voulez-vous, Lori ?

— C'est-à-dire que... Il s'agit de Mae et Dolores. Peut-être pourriez-vous aller faire un tour dans la cuisine. Quand vous aurez une minute, naturellement.

Puis elle tourna les talons. Pas assez vite cependant pour que son sourire moqueur échappe à Charity.

— Je devrais...

Elle marqua une pause, le temps de reprendre sa respiration.

— Je devrais y aller. Une fois qu'elles commencent, je suis la seule à pouvoir les raisonner.

Comme elle esquissait un mouvement, Roman la saisit par le bras.

— Tout a changé, maintenant, Charity.
— Oui.
— Que ce soit bien ou mal, nous ne pouvons pas en rester là.
— Je ne suis pas d'accord. Il se passera peut-être quelque chose entre nous, mais je ne veux pas précipiter les choses. Je sais ce que sont mes sentiments à présent, et j'ai besoin de m'y habituer avant de prendre une décision.

Il resserra les doigts autour de son poignet.

— Que ressentez-vous ?

Elle ne voulait pas mentir. Elle avait toujours eu en horreur le manque d'honnêteté, surtout lorsqu'il s'agissait de sentiments.

— Je vous aime.

La stupéfaction se lut sur son visage puis ses

doigts se desserrèrent. Lentement, prudemment, comme s'il cherchait à s'écarter d'une bête dangereuse.

C'était compréhensible, admit Charity.

Mais c'était aussi terriblement douloureux.

Elle lui adressa un regard déçu avant de se détourner.

— Apparemment, je ne vais pas être la seule à devoir m'y habituer.

Elle mentait, se répétait inlassablement Roman tout en arpentant sa chambre.

Il s'arrêta devant la fenêtre, l'ouvrit et respira à pleins poumons l'air de la nuit, dans l'espoir de s'éclaircir les idées.

Elle essayait de l'embobiner.

Les sourires, l'amitié spontanée, puis la séduction... Tout cela faisait partie d'un plan pour le piéger.

Il se raccrochait à cette idée, même s'il avait conscience de son absurdité car Charity n'avait aucune raison de le suspecter. Sa couverture était solide.

Il se laissa tomber sur le lit et alluma une cigarette, plus par habitude que par besoin.

Et si elle n'avait pas menti ? Dans ce cas, elle se trompait. Il avait tout fait pour qu'elle ait envie de lui, et elle avait confondu le désir et l'amour.

Mais, si c'était vrai...

Il ne voulait même pas y penser.

Se redressant contre la tête de lit, il fixa sans le voir le mur blanc qui lui faisait face.

Il ne pouvait pas s'offrir le luxe de songer à ce que ce serait d'être aimé, et surtout pas par une femme qui accordait autant de crédit à l'amour.

Et cela n'avait rien à voir avec sa mission. Même si elle n'avait pas été une suspecte, il ne se serait pas engagé avec Charity.

Il n'était pas assez bien pour elle. Avec son passé douteux et son avenir incertain, il n'avait rien à lui offrir.

Mais, bon sang, ce qu'il pouvait avoir envie d'elle !

Le désir de la rejoindre le rongeait.

Il savait qu'elle avait regagné sa chambre, à présent, et l'imaginait dans son grand lit à baldaquin, entre ses draps blancs, une bougie parfumée se consumant sur la table de chevet...

Il lui suffisait de monter l'escalier et de pousser

la porte. Elle ne le renverrait pas. Et si elle essayait, il ne lui faudrait que quelques instants pour briser sa résistance. Se croyant amoureuse, elle céderait et lui ouvrirait les bras.

Il brûlait de s'y perdre, de se glisser dans son lit et en elle, et de laisser l'oubli les envahir.

Mais elle avait demandé du temps, et il n'allait pas lui refuser ce dont lui-même avait besoin.

En attendant, il ferait tout ce qui était en son pouvoir pour lui offrir la seule chose qu'il pouvait faire pour elle : prouver son innocence.

Le beau temps était revenu et un soleil radieux baignait le hall.

Perché sur un escabeau, et prenant son temps pour changer une ampoule, Roman observait le groupe de Canadiens qui s'apprêtait à quitter les lieux.

Au comptoir de la réception, Charity discutait avec Block. Vêtu d'une chemise aux couleurs criardes et arborant son éternel sourire, celui-ci attendait semblait-il sa facture.

A cet instant, Bob passa la tête par la porte du bureau et tendit à Charity un document informatisé, non sans avoir jeté vers Roman un regard incertain qui n'échappa nullement à ce dernier.

Block, qui avait vérifié à l'aide d'une calculatrice que les comptes étaient justes, sortit de sa mallette une liasse de billets canadiens que Charity plaça aussitôt dans une caisse métallique fermant à clé.

— C'est toujours un plaisir de vous avoir parmi nous, Roger, dit-elle.

— Votre petite réception a sauvé la journée. Mon groupe était ravi. Il faudra que vous renouveliez l'opération.

Il lui tapota la main puis consulta sa montre.

— Il est temps de partir. A la semaine prochaine.

— Bon retour.

Roman mit un temps fou à fixer le globe de verre au plafond, attendant que le hall se vide, puis il plia son escabeau et s'approcha du comptoir.

— Ce n'est pas étrange qu'une agence de voyages de cette taille paye en liquide ?

Charity releva les yeux de la liste des réservations, et lui opposa un regard imperturbable.

— Nous ne refusons jamais les espèces.

— Ce ne serait pas plus pratique pour eux de payer par chèque ?

Elle haussa les épaules.

— Je ne sais pas. C'est la politique de l'agence. Et croyez-moi, pour un petit hôtel indépendant, un client comme Vision Tours qui paie en liquide peut faire toute la différence.

— J'imagine... Vous travaillez avec eux depuis longtemps ?

— Un peu plus de deux ans. Pourquoi ?

— Simple curiosité. Block n'a pas l'air d'un guide touristique.

— Je sais. On dirait plutôt un catcheur. Mais il fait du bon travail.

— Tant mieux. Bon, eh bien, je remonte.

Comme il s'éloignait, elle le héla.

— Roman ! Nous n'avons pas parlé de votre jour de congé. Vous pouvez prendre ce dimanche si vous voulez.

— On verra.

— Et donnez le total de vos heures à Bob. C'est lui qui établit les bulletins de salaire.

— D'accord. Merci.

Il profita du fait qu'un jeune couple avec un bébé venait se renseigner sur les possibilités de louer un bateau pour s'éloigner.

Ce ne serait pas facile de parler à Roman, songea Charity un peu plus tard. Mais elle devait le faire.

Durant toute la matinée, elle avait vérifié plutôt deux fois qu'une que le ménage avait été fait dans les chalets, elle avait passé d'innombrables coups de téléphone, et harcelé Mae au point qu'elle s'était fait chasser de la cuisine.

Parce qu'elle cherchait à gagner du temps.

Cela ne lui ressemblait pourtant pas. Toute sa vie, elle avait mis un point d'honneur à affronter les problèmes et à les régler.

Armée d'une bouteille Thermos remplie de café, elle prit enfin la direction de l'aile ouest, avec l'impression d'aller débusquer un ours dans sa tanière.

Il avait fini le salon. L'odeur de la peinture fraîche encore forte l'assaillit, bien qu'il eût laissé une fenêtre ouverte. Il restait encore à raccrocher les portes et à vitrifier la plancher, mais elle pouvait déjà imaginer ce que serait la pièce avec les meubles et les tapis qu'elle avait remisés dans le grenier.

De la chambre voisine, montait le bruit d'une

scie électrique, et elle ne put s'empêcher d'entrebâiller la porte pour jeter un coup d'œil à l'intérieur.

Les yeux plissés de concentration, Roman était penché au-dessus d'une planche fixée sur un établi. Des particules de sciure dansaient dans le soleil. Ses manches retroussées découvraient des avant-bras puissants où la sueur avait tracé de fins sillons humides, comme sur son visage, et il avait emprisonné ses cheveux dans un bandana rouge.

Il ne chantonnait pas en travaillant comme elle-même le faisait. Il ne parlait pas non plus à voix haute, comme George, mais il était évident qu'il prenait plaisir à ce travail, et qu'il le faisait bien.

Elle attendit qu'il ait reposé la scie avant d'ouvrir la porte en grand.

Il se retourna avant qu'elle ait eu le temps de parler, et eut un geste de recul instinctif.

C'était une pensée ridicule, songea-t-elle, mais elle était certaine que s'il avait eu une arme, il l'aurait sortie.

— Excusez-moi, dit-elle. Je ne voulais pas vous faire peur.

— Ce n'est rien.

— J'avais quelque chose à faire à l'étage, et j'ai pensé que je pourrais en profiter pour vous apporter du café.

Elle posa la Thermos sur une marche de l'escabeau, et regretta aussitôt ce geste, n'ayant plus rien pour occuper ses mains.

— Et je voulais voir comment les travaux avançaient. Le salon est superbe.

— Tout se passe bien. C'est vous qui avez étiqueté les pots de peinture ?

— Oui. Pourquoi ?

— Parce que c'était dactylographié, au lieu d'être simplement griffonné au marqueur, et je me suis dit que cela vous ressemblait.

— Je suis maniaque, je sais. Mais je ne peux pas m'en empêcher.

— J'ai bien aimé la façon dont vous aviez rangé les pinceaux, par ordre de taille.

Elle leva un sourcil.

— Vous vous moquez de moi ?

— Oui.

— Je m'en doutais. Vous voulez du café ?

— Merci. Je vais me servir.

— Vous avez de la sciure sur les mains.

Lui faisant signe de rester où il était, elle dévissa le bouchon.

— On dirait que la trêve a repris, remarqua-t-elle.

— J'ignorais qu'elle avait été interrompue.

Elle lui jeta un coup d'œil par-dessus son épaule avant de verser le café dans la tasse en plastique puis elle prit son courage à deux mains.

— Je vous ai mis mal à l'aise, je suis désolée.

Il prit la tasse et s'accota à l'établi.

— Voilà que vous pensez de nouveau à ma place.

— Ce n'est pas difficile, Roman. On aurait dit que je vous avais frappé avec une brique.

Elle soupira.

— Je suppose que j'aurais réagi de la même façon si quelqu'un m'avait dit comme ça, de but en blanc, qu'il m'aimait...

Il posa sa tasse de café.

— Vous vous êtes laissé emporter par la situation.

— Non, pas du tout.

Elle se tourna vers lui, sachant qu'il était important de l'affronter en face.

— Je me doutais que vous penseriez ça. J'ai même failli jouer la sécurité et vous le laisser croire. Mais je ne sais pas tricher. Il m'a semblé plus honnête de vous dire que je n'ai pas l'habitude de…

Elle se mordilla la lèvre, cherchant ses mots.

— Ce que je veux dire, c'est que je ne me jette pas à la tête des hommes, en général. En fait, vous êtes le premier que j'aime vraiment.

— Charity…

Otant son bandana, il se passa nerveusement la main dans les cheveux, faisant voler davantage de sciure.

— Je ne sais pas quoi répondre à ça.

— Vous n'y êtes pas obligé. Pour dire la vérité, j'étais venue ici avec un beau petit discours tout préparé. C'était plutôt bien tourné, calme, compréhensif, avec quelques touches d'humour pour ne pas paraître dramatique… Mais j'ai tout gâché.

Elle donna un coup de pied dans un bout de bois puis se dirigea vers la fenêtre, qu'elle ouvrit pour respirer une bouffée d'air frais.

— Le fait est que nous ne pouvons pas prétendre que je n'ai rien dit. Je ne peux pas non plus prétendre que je ne ressens rien. Ce qui ne veut pas dire que je m'attends à ce que vous ressentiez la même chose.

— Qu'attendez-vous de moi ?

Elle savait qu'il était juste derrière elle, mais elle sursauta quand même quand il posa une main sur son épaule.

Rassemblant son courage, elle pivota sur ses talons.

— Que vous soyez honnête. J'apprécie le fait que vous ne prétendiez pas m'aimer. Je suis peut-être simple, mais je ne suis pas stupide. Je sais que ce serait plus facile pour vous de mentir, de dire ce que vous croyez que j'ai envie d'entendre.

— Vous n'êtes pas simple, murmura-t-il en lui caressant doucement une joue. Vous êtes même la femme la plus compliquée et la plus déroutante que j'aie jamais rencontrée.

— Merci. C'est la chose la plus gentille que j'aie entendue à mon sujet.

— Je ne l'ai pas dit comme un compliment.

Cette remarque la fit sourire.

— C'est encore mieux. J'espère que cela signifie qu'il n'y aura plus de malentendu entre nous.

— Je l'espère aussi, dit-il d'une voix rauque.

Troublée, elle leva les yeux et l'intensité brutale de son regard la déconcerta. Puis elle vit monter une flamme étrange dans les profondeurs de ses yeux.

— Bon, eh bien, je vais vous laisser travailler, dit-elle, soudain fébrile.

— Pourquoi ?

— Parce que la journée est loin d'être terminée, et si vous m'embrassez maintenant, je risque de l'oublier.

— Toujours votre esprit pratique, commenta-t-il en se rapprochant dangereusement.

— Oui.

Elle posa une main à plat sur son torse pour maintenir un semblant de distance entre eux.

— J'ai des factures à vérifier.

Retenant son souffle, elle recula vers la porte.

— J'ai envie de vous, Roman, mais je ne sais pas comment faire face à cette situation.

Lui non plus, songea Roman une fois qu'elle eut quitté la pièce.

Avec une autre femme, il était certain qu'un apaisement physique aurait mis fin à la tension qui régnait entre eux. Mais s'il faisait l'amour avec Charity, le pouvoir qu'elle exerçait déjà sur lui ne ferait que s'en trouver renforcé.

Car elle avait un pouvoir sur lui.

Il était temps de l'admettre et d'apprendre à composer avec.

Et s'il avait réagi aussi violemment à sa déclaration d'amour, c'était peut-être parce qu'il avait peur d'être en train de tomber amoureux d'elle.

— Roman !

Surpris par l'exaltation qui se percevait dans la voix de Charity, il ouvrit la porte et découvrit qu'elle se tenait en haut de l'escalier menant à son appartement.

— Venez, vite ! Je veux que vous les voyiez ! cria-t-elle avant de disparaître à l'intérieur.

Lorsqu'il entra dans son salon, elle l'appela de nouveau avec impatience.

— Dépêchez-vous. Je ne sais pas combien de temps elles vont rester.

Elle était assise sur l'appui de fenêtre, le haut du corps penché à l'extérieur.

— Bon sang, Roman, vous allez les rater ! Ne restez pas planté sur le seuil. Je ne vous ai pas appelé pour vous ligoter aux barreaux du lit.

— Dommage... Je crois que ça m'aurait plu.

— Très drôle !

Elle agita la main qui tenait les jumelles.

— Regardez plutôt par-là.

Il s'exécuta et aperçut deux formes au loin, flottant à la surface de l'eau.

Fasciné, il lui prit les jumelles et observa un moment les baleines.

— Je crois qu'il y en a trois.

— Oui, il y a un petit. Je pense que ce sont les mêmes que j'ai vues, il y a quelques jours. C'est un superbe spectacle, n'est-ce pas ?

— Oui. Je ne m'attendais pas vraiment à en voir.

— Pourquoi ? C'est à leur présence que l'auberge doit son nom.

Elle plissa les paupières, essayant de suivre leur sillage, tandis que Roman continuait à observer avec les jumelles.

— La première fois que j'en ai vu, je devais avoir quatre ans. Pop m'avait emmenée à la pêche sur son bateau et j'ai eu la frayeur de ma vie.

En riant, elle prit appui contre l'embrasure de la fenêtre.

— J'ai cru qu'elles allaient nous avaler. Finalement, Pop a réussi à me calmer. Après cela, je n'ai pas arrêté de lui demander d'y retourner.

— Il l'a fait ?

— Tous les lundis durant cet été-là. Les baleines n'étaient pas toujours au rendez-vous, mais je passais des journées formidables avec lui.

Elle tourna son visage vers le large et laissa la brise soulever ses cheveux.

— J'ai eu de la chance de l'avoir aussi longtemps, mais il y a des jours où j'aimerais qu'il soit encore là. Surtout un jour comme aujourd'hui.

— Pourquoi ?

— Il adorait regarder les baleines. Même quand il était vraiment très malade, il s'asseyait à cette fenêtre pour les guetter. Un après-midi, je l'ai trouvé assis là, les jumelles sur ses genoux. Je croyais qu'il dormait, mais il était parti.

Sa voix s'était brisée sur les derniers mots, et elle marqua une pause avant d'ajouter :

— Je crois que c'est comme ça qu'il voulait s'en aller, paisiblement, en regardant ses chères baleines... Depuis, je n'ai jamais trouvé le courage de sortir le bateau.

Elle secoua la tête.

— Je sais que c'est stupide...

— Pas du tout.

Il chercha sa main et entrelaça les doigts aux siens.

Surprise, elle tourna vers lui des yeux remplis de larmes.

— Vous pouvez être gentil quand vous voulez...

Au même moment, le téléphone sonna et elle quitta aussitôt son perchoir pour aller répondre.

— Allô ? Oui, Bob. Comment ça, il ne veut pas les livrer ?

Elle écouta la réponse de son employé et soupira.

— Bon, très bien. Je descends.

Elle raccrocha puis adressa une grimace confuse à Roman.

— Le devoir m'appelle. Vous pouvez rester pour regarder les baleines si vous voulez.

Attrapant un élastique sur sa table de chevet, elle noua rapidement ses cheveux en queue-de-cheval, tout en se dirigeant vers la porte.

Au moment de sortir, elle se retourna vers lui.

— J'allais oublier... Vous savez fabriquer des étagères ?

— Je suppose.
— Tant mieux. Je pense qu'il en faudrait quelques-unes dans le salon de la suite familiale. Nous en reparlerons plus tard.

Roman l'entendit dévaler l'escalier en courant.

Quelle que soit la crise qui venait d'éclater à l'autre bout de l'auberge, il était certain que Charity parviendrait à la résoudre.

En attendant, elle l'avait laissé seul dans sa chambre. Ce serait un jeu d'enfant de fouiller de nouveau son bureau, de vérifier si elle y avait laissé un indice susceptible de faire avancer son enquête.

Alors pourquoi hésitait-il ? se demanda-t-il en tournant les yeux vers le détroit.

C'était quelque chose qu'il aurait dû faire d'instinct, sans prendre le temps de réfléchir. Dans son métier, il fallait saisir la moindre opportunité.

Et pourtant, il ne pouvait s'y résoudre, tout simplement parce que Charity lui faisait confiance. Et parce que durant ces dernières vingt-quatre heures, il s'était passé entre eux un certain nombre de choses qui lui interdisaient de trahir cette confiance.

Finalement, sa présence à l'auberge ne se justifiait plus.

Laissant échapper un juron, il prit appui dans l'embrasure de la fenêtre.

Sans le savoir, Charity avait réduit sa mission à néant, et il ne lui restait plus qu'une alternative : appeler Conby pour demander à être relevé de ses fonctions, ou donner sa démission.

C'était stupide !

Il ne ferait ni l'un ni l'autre.

Et cela n'avait rien à voir avec le fait qu'il était aimé, qu'il avait enfin le sentiment d'avoir trouvé sa vraie place après des années de pérégrination.

Il devait finir son travail et prouver l'innocence de Charity.

Conby lui aurait fait remarquer que sa loyauté devait d'abord aller au FBI, mais il ne partageait pas ce point de vue. En de rares occasions, il arrivait qu'on ait la chance de faire quelque chose de bien, quelque chose de juste.

Cela ne l'avait guère tracassé jusqu'à présent, mais aujourd'hui, c'était le cas.

Aujourd'hui, il pouvait faire un cadeau à Charity en lavant son honneur.

Et ensuite, il sortirait de sa vie et elle n'entendrait plus jamais parler de lui.

Se levant à regret, il contempla la chambre, en fixant à jamais l'image dans sa mémoire.

S'il avait réellement été le vagabond à la recherche d'un emploi saisonnier que Charity croyait avoir accueilli chez elle, peut-être aurait-il eu le droit de l'aimer. Mais dès qu'elle aurait connaissance de sa véritable identité, il savait qu'elle se sentirait trahie et ne pourrait que le rejeter.

Pour l'instant, il n'avait que le droit de la sauver en faisant son devoir.

6

La température se réchauffait, et le printemps explosait dans une enivrante profusion de couleurs et de parfums. Fleurs sauvages, arbres à l'ombre généreuse, chants d'oiseaux... L'île dévoilait enfin ses trésors de beauté, et à l'aube, les lambeaux de brume qui flottaient au-dessus de l'eau ajoutaient au caractère féerique et irréel de l'endroit.

Au bout du chemin, Roman regardait le soleil se lever comme il le faisait la plupart du temps depuis son arrivée.

Il ne connaissait pas le nom des fleurs qui poussaient sur les bas-côtés. Il ne savait pas différencier le chant d'un geai de celui d'une fauvette. Mais il savait que Charity, qui était sortie se promener avec son chien, passerait par là au retour, et il avait besoin de la voir, de lui parler, d'être avec elle.

La nuit précédente, il avait forcé le tiroir où elle gardait les espèces et avait minutieusement étudié les billets.

Il avait compté à peu près deux mille dollars de fausse monnaie canadienne.

Sa première impulsion avait été de prévenir Charity, de lui dévoiler tout ce qu'il savait. Puis il avait réfléchi : ce n'était pas cela qui aurait convaincu Conby de son innocence.

Il avait assez d'éléments à présent pour coincer Block et probablement aussi Bob, mais il ne pouvait pas le faire sans éclabousser Charity. Tout le monde s'accordait en effet à dire, et elle était la première à le reconnaître, qu'une aiguille ne pouvait pas tomber dans l'auberge sans qu'elle l'entende.

Dans ces conditions, comment pouvait-il prouver qu'un trafic de fausse monnaie s'était déroulé sous ses yeux pendant presque deux ans sans qu'elle ait été au courant de quoi que ce soit ?

Pour sa part, il croyait que c'était possible, mais Conby et les autres membres du FBI voudraient des preuves.

Il sortit son paquet de cigarettes de sa poche et en alluma une, tout en observant distraitement la façon dont les brumes matinales se dissipaient au soleil.

Il devait leur exposer des faits. Tant qu'il n'aurait rien de concret, il valait mieux ne pas les alerter.

Quand le réseau serait démantelé, Charity serait stupéfaite et blessée par la trahison de son employé, mais elle finirait par s'en remettre.

En revanche, elle ne lui pardonnerait jamais le rôle qu'il avait joué dans cette affaire, et le haïrait pour tout le reste de sa vie.

Lui aussi, il finirait par s'en remettre.

Il le faudrait bien.

Entendant un bruit de moteur, il jeta un coup d'œil distrait par-dessus son épaule avant de reporter son attention sur l'océan, en se demandant s'il pourrait revenir un jour sur cette île et attendre au même endroit que Charity passe devant lui.

Chimères, songeant-il en enfouissant son mégot dans la terre. Il perdait beaucoup trop de temps à rêver.

La voiture arrivait, emballant le moteur et pétaradant bruyamment, comme si elle prenait de la vitesse. Agacé d'être interrompu dans ses pensées, il jeta de nouveau un coup d'œil.

Son agacement lui sauva la vie.

Il ne lui fallut qu'un instant pour prendre conscience de ce qui se passait, et le temps d'un battement de cœur pour y échapper.

Tandis que la voiture fonçait sur lui, il fit un bond sur le côté et roula dans les buissons.

Un déplacement d'air aplatit l'herbe devant ses yeux, avant que les pneus arrière ne mordent de nouveau les gravillons du chemin.

L'arme à la main, Roman se releva et vit disparaître la voiture dans le virage.

Il n'eut pas le temps de pousser un juron qu'un cri strident s'élevait.

Affolé, il se mit à courir de toutes ses forces, insensible à la douleur dans sa cuisse, là où la voiture l'avait touché, et au sang qui coulait de son bras à l'endroit où il était entré en contact avec une pierre.

Il avait vu la mort de près, il avait déjà tué, mais il n'avait jamais éprouvé une telle terreur.

Et il n'avait jamais vraiment compris ce que pouvait être le désespoir jusqu'à ce qu'il voie Charity étendue dans le fossé.

Le chien était blotti contre elle, gémissant, la poussant avec sa truffe.

Roman s'accroupit, écartant l'animal sans se laisser impressionner par ses grognements, et chercha le pouls de Charity.

Avait-elle été heurtée par la voiture ?

Il s'efforça de ne pas se laisser gagner par la panique.

Elle respirait. Il se raccrocha à cet espoir tandis qu'il la palpait, à la recherche d'une fracture.

Puis il examina sa tempe ensanglantée. La blessure était peu profonde, sans gravité apparente.

Alors, rongé d'angoisse, il la souleva dans ses bras et ne cessa de lui parler durant les huit cents mètres de trajet jusqu'à l'auberge.

A leur arrivée, Bob, qui avait dû l'apercevoir par la fenêtre, surgit, l'air hagard, par la porte principale.

— Mon Dieu ! Que s'est-il passé ?

Roman lui jeta un regard noir.

— Peut-être êtes-vous bien placé pour le savoir... Donnez-moi les clés de la camionnette. Il faut la conduire à l'hôpital.

Mae sortit à son tour en s'essuyant les mains dans son tablier.

— Que se passe-t-il ? Lori m'a dit...

Elle pâlit, mais elle réagit avec une surprenante vivacité, repoussant Bob du coude pour s'approcher de Charity.

— Montez-la dans sa chambre, ordonna-t-elle à Roman.

— Non. Je la conduis à l'hôpital.

— Montez-la dans sa chambre, répéta Mae en allant ouvrir la porte. Nous allons appeler le Dr Mertens, ça ira plus vite. Venez, mon garçon. Bob, prévenez le médecin. Dites-lui de faire vite.

Roman franchit la porte, suivi du chien.

— Appelez aussi la police. Dites-leur qu'il y a eu un délit de fuite.

Ne perdant pas de temps à discuter, Mae le précéda dans l'escalier.

Elle peinait un peu lorsqu'elle atteignit le second étage, mais elle ne ralentit pas la cadence et s'empressa de replier le couvre-lit.

— Posez-la sur le lit. Et faites attention.

Elle se pencha sur Charity et lui caressa la joue.

— Ça va aller, ma petite fille, ne vous en faites pas.

Remarquant que Roman restait planté à côté d'elle, elle agita une main avec impatience.

— Eh bien, qu'attendez-vous ? Allez me chercher une serviette mouillée dans la salle de bains.

Puis elle s'assit sur le rebord du matelas et, prenant le visage de Charity entre ses mains, examina la blessure qu'elle avait à la tête.

— C'est impressionnant, mais il y a plus de peur que de mal, déclara-t-elle.

Soupirant de soulagement, elle prit la serviette que lui tendait Roman et la pressa sur la tempe de Charity.

— Les blessures à la tête saignent toujours beaucoup, mais ce n'est pas profond, expliqua-t-elle.

— Pourquoi ne reprend-elle pas connaissance ?

— Laissez-lui le temps. Et maintenant, je vais vous demander de sortir pendant que je la déshabille. Vous me raconterez plus tard ce qui s'est passé.

— Je ne bougerai pas d'ici.

Mae lui adressa un regard surpris et constata qu'il avait le visage blême et creusé par l'inquiétude.

Après quelques instants de réflexion, elle hocha la tête.

— Très bien. Mais dans ce cas, vous allez devoir vous rendre utile. Allez me chercher les ciseaux sur le bureau. Je vais couper son pull.

Ainsi, il y avait quelque chose entre eux, songea-t-elle tout en ôtant les chaussures de Charity. L'air anxieux de Roman ne trompait pas. Il était amoureux.

Charity aurait pu tomber plus mal, pensa-t-elle encore, ayant finalement appris à apprécier Roman. En tout cas, elle n'était pas inquiète pour sa petite protégée. Elle savait que celle-ci était de taille à affronter un homme tel que lui.

— Vous pouvez rester, dit-elle lorsqu'il lui tendit les ciseaux. Mais quoi qu'il se soit passé entre vous, je vais vous demander de tourner le dos jusqu'à ce qu'elle soit décente.

Il serra les poings, mais obtempéra.

— Je veux savoir où elle est blessée, dit-il d'une voix sourde.

— Ne vous emballez pas.

Mae la déshabilla, examina les écorchures et les bleus et constata avec soulagement que Charity n'avait rien.

— Ouvrez le premier tiroir de la commode

et donnez-moi une chemise de nuit. Un modèle avec des boutons. Et gardez vos yeux pour vous ou je vous mets dehors.

Pour toute réponse, il jeta une fine chemise de nuit blanche sur le lit.

— Je me moque qu'elle soit nue ou pas. Je veux savoir si ses blessures sont graves.

— Je sais, mon garçon, répondit Mae d'un ton radouci. Rassurez-vous, elle n'a rien de cassé. Seulement quelques égratignures et des bleus... Vous savez, elle s'est déjà fait plus mal que ça en tombant d'un arbre quand elle était petite. Ah, la voilà qui revient à elle...

Roman tourna la tête au moment où Mae achevait de boutonner la chemise de nuit, et dut faire un effort pour ne pas se précipiter vers Charity.

Un profond soulagement l'envahit quand il la vit battre des paupières. Constatant qu'il avait les paumes moites, ce qui ne lui était jamais arrivé avant, il les essuya sur son pantalon.

— Mae ? murmura Charity.

Luttant visiblement pour ajuster sa vision, elle tendit une main.

— Qu'est-ce que... Oh, mon Dieu, ma tête.

— Ça tambourine, hein ?

La voix de Mae était bourrue, mais la façon dont elle pressait avec force la main de Charity dans la sienne disait mieux que des mots toute son affection.

— Le médecin va arranger ça.

Les sourcils froncés, Charity essaya de se redresser, mais elle retomba sur l'oreiller, submergée par la douleur.

— Quel médecin ? Je ne veux pas voir de médecin.

— Ce n'est pas nouveau, commenta Mae, mais vous le verrez quand même.

Protester lui demandait trop d'énergie, aussi Charity préféra-t-elle fermer les yeux et tenter de faire le vide dans son esprit.

Elle avait compris qu'elle était dans son lit, mais n'avait pas la moindre idée de la façon dont elle était arrivée là.

Elle se promenait avec son chien, et puis...

— Il y avait une voiture, dit-elle en rouvrant les yeux. Le conducteur devait être ivre. On aurait dit qu'il fonçait sur moi. Si Ludwig ne m'avait pas tirée hors de la route pour renifler quelque chose, je... Et puis j'ai trébuché, il me semble. Je ne sais pas.

— Ce n'est pas grave, dit Mae. Nous verrons cela plus tard.

Après un léger coup frappé à la porte, celle-ci s'ouvrit et un homme aux cheveux blancs entra. Il tenait à la main une sacoche de cuir noir, et portait une veste de tweed élimé et des bottes boueuses.

Charity lui jeta un coup d'œil et gémit.

— Fichez le camp, docteur Mertens. Je ne me sens pas bien.

Le médecin échangea un clin d'œil complice avec Mae.

— Elle ne changera jamais, commenta-t-il.

Rassuré, Roman s'esquiva pour aller s'asseoir dans le salon.

Il avait besoin de se ressaisir, de calmer sa colère. Il avait perdu ses parents, enterré son meilleur ami, mais en découvrant Charity inanimée au bord de la route, il avait ressenti une panique inconnue de lui jusqu'alors.

— Excusez-moi !

Lori se tenait sur le seuil et agitait la main pour attirer son attention.

— Le shérif est là. Il veut vous parler, et je

lui ai dit de monter. Comment va Charity ? ajouta-t-elle tout en triturant son tablier.

— Le médecin est avec elle. Tout va bien, elle n'a rien de cassé.

Lori laissa échapper un soupir de soulagement.

— Tant mieux. Je vais le dire aux autres.

S'effaçant, elle fit signe au shérif d'entrer.

Roman étudia le petit homme bedonnant qui avait visiblement été tiré du lit. Un pan de sa chemise dépassait partiellement de son pantalon, et il avait une tasse de café à la main.

— Vous êtes Roman Dewinter ?
— C'est exact.
— Shérif Royce.

En soupirant, il se percha de guingois sur l'accoudoir de la délicate bergère recouverte de damas rose.

— Qu'est-ce que c'est que cette histoire de délit de fuite ?

— Il y a environ vingt minutes, quelqu'un a tenté de renverser Mlle Ford.

Royce tourna la tête vers la porte de la chambre comme l'avait fait Lori avant lui.

— Comment va-t-elle ?

— Elle est commotionnée, mais elle n'a rien à part une blessure superficielle à la tempe.

— Vous étiez avec elle ?

— Non. Je me trouvais un peu plus loin. La voiture m'a évité de justesse, puis elle a continué à rouler très vite. J'ai entendu Charity crier. Quand je suis arrivé, elle était inconsciente.

— Je suppose que vous n'avez pas bien vu la voiture.

— C'était une Chevrolet bleu foncé, un coupé de 1967 ou 68. Le pot d'échappement était percé, le pare-chocs avant rongé par la rouille. Elle était immatriculée à Washington. Alpha, Fox-Trot, Juliet 847.

Royce posa sa tasse pour prendre son carnet et son stylo dans la poche de sa chemise, et nota la description fournie par Roman.

— Vous êtes observateur.

— C'est vrai.

— Assez pour deviner si c'était prémédité ?

— Je n'ai pas besoin de deviner. J'affirme qu'il s'agissait d'un acte délibéré. Il a bel et bien foncé sur moi.

— Il ? Vous avez vu le conducteur ?

— Non.

— Depuis combien de temps êtes-vous arrivé sur l'île, monsieur Dewinter ?

— Une semaine.

— C'est peu pour se faire des ennemis.

— Je n'en ai aucun. Tout au moins ici.

— Ce qui rend votre théorie pour le moins étrange. Tout le monde ici connaît et apprécie Charity. Si ce que vous dites est vrai, nous parlons de tentative de meurtre.

— C'est bien de cela que nous parlons, en effet.

Roman prit une cigarette, l'alluma et expira nerveusement la fumée.

— Je veux savoir à qui appartient cette voiture, ajouta-t-il.

— Je vais vérifier.

— Vous le savez déjà.

L'air étonné, Royce tapota son carnet sur son genou.

— Admettons que je connaisse quelqu'un qui possède une voiture correspondant à votre description...

Mae choisit cet instant pour ouvrir la porte et jeter un coup d'œil dans le salon.

— Tiens, tiens, Mayflower..., dit le shérif, avec un sourire malicieux.

Mae eut une moue pincée.

— Si tu ne sais pas t'asseoir correctement dans un fauteuil, autant que tu restes debout.

Le shérif se leva sans paraître le moins du monde offensé.

— Mae et moi sommes allés à l'école ensemble, expliqua-t-il. Déjà à cette époque-là, elle ne cessait de m'asticoter. Tu n'aurais pas fait des gaufres, par hasard, Mayflower ?

— Ça se pourrait. Si tu promets de trouver qui a fait du mal à ma petite fille, tu en auras peut-être.

— Je m'en occupe. Tu crois que je peux lui parler ?

— Vas-y, mais ne la fatigue pas trop.

Royce adressa un signe de tête à Roman.

— Je vous tiens au courant.

— Le médecin a dit qu'elle pouvait avoir un thé et des toasts, dit Mae en reniflant.

Sortant un grand mouchoir à carreaux de la poche de son tablier, elle se moucha discrètement.

— Rhume des foins..., reprit-elle d'un ton bourru. En tout cas, je suis contente que vous vous soyez trouvé là quand elle a été blessée.

— Si j'avais été plus près, ça ne serait pas arrivé.

— Et si elle n'avait pas sorti ce fichu chien, elle se serait trouvée dans son lit.

Elle l'observa soudain avec attention, les sourcils froncés.

— Mais, dites-moi, mon garçon, votre bras saigne.

Il baissa les yeux vers sa manche déchirée et tachée.

— Bah, ce n'est rien.

— Vous ne pouvez pas rester comme ça, vous allez souiller le tapis, dit Mae avec une expression consternée. Venez avec moi en bas, je vais vous arranger ça. Puis vous apporterez son petit déjeuner à la petite. Je ne peux quand même pas monter et descendre toute la journée.

Restée seule après le départ du shérif et du médecin, Charity essaya de réfléchir.

Elle avait mal partout, et en particulier à la tête, mais elle avait feint de prendre le cachet que lui avait donné le Dr Mertens, le dissimulant sous sa langue, afin de conserver les idées claires.

Elle n'avait pas très bien vu la voiture, mais celle-ci lui avait semblé familière. Tandis qu'elle parlait avec le shérif, elle s'était rappelé qu'elle appartenait à Mme Norton, une adorable octogénaire qui confectionnait des poupées au crochet pour les boutiques d'artisanat de l'île, et qui ne dépassait jamais le soixante-dix à l'heure.

De toute façon, elle était certaine que le conducteur était un homme.

Or, Mme Norton était veuve depuis dix ans.

C'était très simple, décida-t-elle. Un homme ivre avait volé la voiture de la vieille dame et s'était lancé dans une équipée sauvage à travers l'île. Il ne l'avait probablement même pas vue sur le bord de la route.

Satisfaite de son raisonnement, elle s'étendit dans son lit.

Cette histoire concernait maintenant le shérif. Elle avait assez de problèmes de son côté.

L'équipe du petit déjeuner était probablement en plein chaos, mais elle pouvait compter sur Lori pour pallier son absence. Mais elle n'avait pas préparé sa commande pour le boucher, et elle devait également choisir les photographies destinées au catalogue de l'agence de voyages.

Elle n'avait d'ailleurs pas encore réglé sa participation. Et la cheminée du chalet n° 3 fumait.

Elle avait besoin d'un bloc, d'un stylo et d'un téléphone.

Rien de plus facile.

Elle trouverait les trois dans son bureau.

Lentement, elle bascula les jambes sur le rebord du lit.

Jusque-là, ça n'allait pas trop mal. Mais il lui fallut un moment d'adaptation avant qu'elle trouve la force de se lever.

Agacée, elle s'accrocha à l'un des piliers du baldaquin.

C'était insensé ! Elle avait les jambes en coton.

— Que diable essayez-vous de faire ?

Elle sursauta en entendant la voix de Roman et tourna lentement la tête vers la porte.

— Rien, dit-elle, en essayant de sourire.

— Recouchez-vous.

— J'ai des choses à faire.

Mais elle savait qu'elle vacillait sur ses jambes, et elle avait l'impression que tout le sang s'était retiré de son visage qui devait être aussi pâle que sa chemise de nuit.

Sans un mot, il posa son plateau, traversa la

Découvrez **GRATUITEMENT** la nouvelle collection

BLACK *ROSE*

2 ROMANS GRATUITS

Amour et suspense
Plongez au cœur d'histoires palpitantes où amour et suspense s'entremêlent

2 romans
(1 volume double)

1 cadeau surprise

1 ravissant bracelet façon hématite

2 romans
(1 volume double)

1 cadeau surprise

1 ravissant bracelet façon hématite

OUI, je désire profiter de cette offre découverte Nouvelle Collection. J'ai bien noté que je recevrai **GRATUITEMENT** un premier colis composé de 2 romans gratuits de la collection *Black Rose* ainsi que mon bracelet et mon cadeau surprise. Ensuite, je recevrai, tous les mois, 3 livres de la collection *Black Rose*, au prix exceptionnel de 4,70€ le volume simple (au lieu de 4,95€) et de 5,65€ les volumes doubles (au lieu de 5,95€) auxquels s'ajoutent 2,50€ de participation aux frais de ports. Je ne paie rien aujourd'hui. Je pourrai interrompre les envois à tout moment. Dans tous les cas, je conserverai mes cadeaux.

☐ Mme ☐ Mlle

17GEØ1

NOM :   PRÉNOM :

ADRESSE :

CODE POSTAL :

VILLE :

N° DE TÉLÉPHONE :

Merci de votre confiance. Votre colis gratuit vous parviendra 20 jours environ après réception de cette carte.

Le Service Lectrices vous écoute du lundi au jeudi de 9h à 17h et le vendredi de 9h à 15h, **au 01 45 82 44 26** - www.harlequin.fr

Cette offre – soumise à acceptation - est valable en France métropolitaine uniquement jusqu'au 31 janvier 2008 à raison d'une demande par foyer. Prix susceptibles de changement. Réservé aux lectrices de plus de 18 ans qui n'ont pas encore demandé de livres gratuits. Conformément à la loi Informatique et Liberté du 6 janvier 1978, vous disposez d'un droit d'accès et de rectification aux données personnelles vous concernant en vous adressant au : Service Lectrices Harlequin BP 20008 - 59718 Lille cedex 9.

EDI 2033

Service Lectrices
Libre réponse 30091
59789 LILLE CEDEX 9

éditions Harlequin

Ne pas affranchir

pièce, et passa un bras autour de sa taille pour la soutenir.

— Roman, ce n'est pas la peine. Je...

— Taisez-vous.

— J'allais me recoucher dans une minute. Il faut seulement que je...

— Taisez-vous, répéta-t-il.

Il l'étendit sur le lit. Et puis, soudain, il craqua.

Gardant les bras noués autour d'elle, il enfouit son visage dans le cou de Charity.

— Mon Dieu, chérie..., gémit-il.

— Tout va bien, dit-elle en lui caressant les cheveux. Ne t'inquiète pas.

— J'ai eu tellement peur pour toi. Quand je t'ai vue comme ça, j'ai cru que tu étais morte.

— Je suis désolée.

Elle lui massa doucement le cou, en essayant d'imaginer ce qu'il avait ressenti.

— Ça a dû te paraître affreux, Roman, mais je n'ai rien. Dans quelques jours, ce sera oublié.

— Moi, je n'oublierai pas.

Il redressa la tête et plongea les yeux dans les siens.

— Jamais.

Sa violence contenue la fit frémir.

— C'était un accident, voyons. Le shérif Royce va s'en occuper.

Roman se leva, ravalant les mots qu'il voulait dire.

Il valait mieux pour le moment que Charity croie à un accident.

— Mae a dit que tu devais manger, dit-il en allant chercher le plateau.

Charity songea à tout ce qu'elle avait à faire, et se dit qu'elle avait plus de chance de se débarrasser de Roman en coopérant.

— Je vais essayer. Comment va Ludwig ?
— Très bien.
— Ça me rassure.

Elle mordit dans son toast, faisant semblant d'avoir de l'appétit.

— Comment va ta tête ?
— Pas trop mal. Je n'aurai pas besoin d'être recousue.

Elle releva ses cheveux pour lui montrer une série de sutures adhésives autour desquelles un hématome s'assombrissait.

— Tu veux que je tende la main devant moi et que je te dise combien je vois de doigts ?
— Non, ça va. Je te crois.

— Tu veux un peu de thé ? Je vois que Mae a pensé à mettre deux tasses.

Il considéra d'un œil morose la délicate théière décorée de fleurs.

— A condition que tu aies du whisky à mettre dedans.

— Désolée, je suis en rupture de stock.

Souriante, elle tapota le matelas.

— Pourquoi tu ne viens pas t'étendre à côté de moi ?

— Parce que j'essaie de résister à l'envie de te toucher.

Son sourire s'élargit.

— Oh... J'aime bien quand tu me touches.

— Je regrette, mais le moment est mal choisi, dit-il en lui prenant la main. Je tiens à toi, Charity. Je veux que tu me croies.

— Je le sais.

— Non, tu ne comprends pas. Je n'ai jamais ressenti ça pour personne avant.

Charity sentit son cœur se gonfler de joie.

— Si j'avais su que cela te rendrait aussi communicatif, je me serais cogné la tête avant.

— Tu mérites plus que ça, dit-il en lui repoussant doucement une mèche de cheveux derrière l'oreille.

— Je suis d'accord.

Elle prit sa main pour la porter à ses lèvres.

— Tu ne le sais peut-être pas, Roman, mais je suis quelqu'un de patient.

— Tu ne me connais pas assez. Tu ne sais pas qui je suis.

— Je sais que je t'aime. Pour ce qui est du reste, j'aurai tout le temps de le découvrir plus tard.

— Tu ne devrais pas me faire autant confiance, Charity.

— Aurais-tu fait quelque chose d'impardonnable ?

— J'espère que non.

Le visage soudain fermé, sachant qu'il en avait déjà trop dit, Roman se leva et débarrassa le plateau.

— Tu devrais te reposer.

— C'est ce que j'avais l'intention de faire. Juste après avoir réglé quelques détails.

— La seule chose dont tu dois t'occuper, c'est de toi.

— C'est très gentil de ta part, et dès que je...

— Tu ne sortiras pas de ce lit avant au moins vingt-quatre heures.

— Je n'ai jamais rien entendu d'aussi ridicule.

Quelle différence cela fait-il que je sois couchée ou assise ?

— D'après le médecin, la différence est énorme.

Il remarqua soudain un comprimé sur la table de chevet.

— Ce n'est pas le médicament que le médecin t'a donné ?

— Si.

— Celui que tu devais prendre avant son départ ?

Elle haussa les épaules.

— Je vais le prendre après avoir passé quelques coups de téléphone.

— Pas de téléphone aujourd'hui.

— Ecoute, Roman, j'apprécie ton intérêt, mais je n'aime pas beaucoup que tu me donnes des ordres.

— Je sais. Tu préfères m'en donner.

Avant qu'elle ait eu le temps de répondre, il inclina la tête vers elle et effleura ses lèvres d'un baiser très tendre.

Roman s'était trompé en se figurant qu'il serait facile de l'embrasser et de quitter la pièce.

Ce baiser ne lui suffisait pas. Il voulait tout d'elle.

Et pourtant, il avait pleinement conscience de sa fragilité. Il aurait voulu apaiser et non stimuler... Réconforter et non séduire.

Lorsqu'il trouva enfin le courage de s'écarter, Charity eut un murmure de protestation et s'agrippa à lui.

— Du calme, dit-il. Je manque un peu de volonté en ce moment, et tu as besoin de te reposer.

— J'ai surtout besoin de toi.

Quand elle lui sourit, il sentit son estomac se nouer.

— Ça t'amuse de tourner la tête des hommes ?

— C'est bien possible. En tout cas, tu es le seul à t'en plaindre.

— Nous en reparlerons.

Déterminé à agir pour son bien, il lui tendit son cachet.

— Prends ça.

— Plus tard.

— Maintenant.

Levant les yeux au ciel, elle jeta le cachet dans sa bouche puis avala une gorgée de thé.

— Voilà ! Tu es satisfait ?

Il ne put s'empêcher de sourire.

— Je suis tout sauf satisfait depuis que j'ai fait ta connaissance, trésor. Tire la langue.

— Pardon ?

— Tu m'as très bien entendu.

Il lui prit le menton entre les doigts.

— Tu es douée, mais on ne m'abuse pas, moi. Ouvre la bouche.

Sachant qu'elle avait perdu, Charity s'exécuta avant de sortir le cachet de sa bouche pour l'avaler vraiment, cette fois, avec une autre gorgée de thé.

Puis elle lui caressa les lèvres du bout de la langue.

— Tu veux vérifier ?

— Ce que je veux, c'est que tu te reposes. Pas d'appels, pas de travail de paperasserie, pas de visites furtives en bas. C'est promis ?

Elle soupira.

— Mouais…

— Très bien.

Il lui effleura les lèvres et se leva.

— Je repasse te voir tout à l'heure.

— J'y compte bien.

7

Une partie de la formation que Roman avait suivie consistait à savoir en toutes circonstances comment poursuivre une enquête avec détermination et objectivité.

Jusqu'à ce qu'il rencontre Charity la question de l'objectivité ne lui avait jamais posé de problème.

En revanche, il n'avait rien perdu de sa détermination.

Quand il avait quitté la chambre de la jeune femme, il s'attendait à trouver Bob dans le bureau, et il espérait qu'il serait seul.

Il ne fut pas déçu.

Bob avait calé le combiné du téléphone entre l'épaule et l'oreille et pianotait sur le clavier de l'ordinateur.

Après avoir jeté un coup d'œil distrait à Roman, il reprit sa conversation.

— Je serai ravi d'organiser cela pour vous et votre épouse, monsieur Parkington. Il s'agit donc d'une chambre double pour les nuits du 15 et 16 juillet.

— Raccrochez, dit Roman.

Bob leva la main pour lui signaler de patienter.

— Oui, il y a une salle de bains privée et le petit déjeuner est compris. Oui, oui, ne vous inquiétez pas, je m'occupe également de louer les kayaks. Votre numéro de confirmation est le...

Roman posa brutalement la main sur la fourche du récepteur, coupant la communication.

— Mais qu'est-ce qui vous prend ? Vous avez perdu la tête ?

— C'est bien possible. A vrai dire, je me demande si je vais perdre mon temps à discuter avec vous, ou si je vais plutôt vous étrangler tout de suite.

Affolé, Bob recula son fauteuil contre le mur, et agita les mains.

— Ecoutez, je sais que vous avez été confronté à un incident fâcheux...

— Vous croyez ?

Posant les mains à plat sur le bureau, Roman se pencha vers Bob et regarda la sueur perler sur son front.

— Un incident fâcheux ? C'est une façon subtile et élégante de formuler la chose. Mais vous êtes un homme subtil et élégant, n'est-ce pas, mon cher Bob ?

L'assistant de Charity jeta un coup d'œil vers la porte, estimant sans doute ses chances de parvenir jusque-là.

— Nous sommes tous un peu nerveux après ce qui est arrivé à Charity, dit-il sur un ton qui se voulait apaisant. Je pense qu'un verre vous ferait du bien.

Roman se dirigea vers une table encombrée de manuels d'informatique et dénicha une flasque en métal argenté.

— C'est à vous ? demanda-t-il, amusé par l'air hagard de Bob. Je suppose que vous la gardez pour les longues nuits où vous travaillez tard — et seul. Vous vous demandez comment je sais où elle était ?

Il posa la flasque et revint vers le bureau.

— Je l'ai trouvée, il y a quelques jours, quand

j'ai forcé la porte du bureau pour étudier les livres de comptes.

— Vous avez forcé la porte ?

Bob passa le dos de sa main sur ses lèvres soudain desséchées.

— C'est une drôle de façon de remercier Charity pour son aide.

— Oui, vous avez tout à fait raison. C'est presque aussi moche que de se servir de son auberge pour faire passer de la fausse monnaie et des repris de justice de part et d'autre de la frontière.

— Je ne sais pas de quoi vous parlez..., dit Bob en se levant d'un bond, offrant toutes les apparences de l'homme outragé. Je veux que vous sortiez d'ici immédiatement. Quand je dirai à Charity ce que vous avez fait...

— Vous n'allez rien lui dire du tout. Par contre, vous allez tout me raconter.

Un regard stoppa Bob dans sa tentative pour gagner la porte.

— Si vous bougez, je vous casse les jambes, le prévint Roman.

— Je n'ai pas à supporter ça, dit Bob en tendant la main vers le téléphone. J'appelle le shérif.

— Allez-y.

Roman alluma une cigarette et l'observa à travers un nuage de fumée.

C'était bien dommage que Bob soit aussi pleutre. Il aurait fichtrement bien aimé avoir une excuse pour le bousculer.

— J'ai failli en parler à Royce, ce matin, expliqua-t-il. Seulement, je n'aurais pas eu le plaisir de voir votre tête. Mais, allez-y, appelez-le.

Il poussa le téléphone vers lui.

— Je trouverai toujours un moyen d'en finir avec vous quand vous serez en prison.

Bob ne lui demanda pas d'explications. Il avait entendu se refermer les portes de sa cellule à l'instant où Roman était entré dans la pièce.

— Ecoutez, je sais que vous êtes contrarié...

— Est-ce que j'ai l'air contrarié ? murmura Roman d'un ton doucereux.

Non, pensa Bob, l'estomac noué par la peur. Il avait l'air glacial — suffisamment pour le tuer. Mais il devait bien y avoir un moyen de s'en sortir.

— Vous avez parlé d'un trafic de fausse

monnaie. Si vous me disiez de quoi il s'agit, je pourrais peut-être...

Avant qu'il ait eu le temps de terminer sa phrase, Roman l'avait soulevé de son fauteuil en le tenant par le col.

— Vous voulez mourir ?

— Non.

Les doigts de Bob se crispèrent sur les poignets de Roman, impuissants à desserrer l'étau qui le tenait prisonnier.

— Alors, épargnez-moi vos inepties.

D'un geste écœuré, Roman le repoussa dans son fauteuil.

— Il y a deux choses que Charity ne fait pas ici. Seulement deux. Elle ne cuisine pas, et elle ne se sert pas de l'ordinateur. En réalité, elle ne sait faire ni l'un ni l'autre. Elle ne sait pas cuisiner parce que Mae ne le lui a pas appris, et on comprend pourquoi.

Il marcha vers la fenêtre dont il déroula le store afin de plonger la pièce dans une semi-obscurité angoissante.

— Il est assez simple de deviner pourquoi elle ne sait pas se servir d'un modèle d'ordinateur pourtant basique. Vous ne lui avez pas montré, ou vous avez rendu les explications tellement embrouillées et contradictoires qu'elle n'a rien compris.

Il se pencha au-dessus de Bob, l'air menaçant, avant d'ajouter :

— Vous pouvez m'expliquer pourquoi vous avez fait ça ?

— Ça ne l'a jamais intéressée. Vous savez comment elle est, elle préfère les gens aux machines. Mais je lui ai toujours montré tous les listings.

— Tous ? Nous savons bien tous les deux que vous ne lui montrez pas tout. Ces disquettes que vous cachez dans votre tiroir, par exemple... Je serais curieux de savoir ce qu'elles contiennent.

Bob sortit un mouchoir d'une main tremblante et s'épongea le front.

— Je ne comprends pas.

— Vous tenez les comptes pour l'auberge et pour votre petit trafic. Je suppose qu'un homme comme vous garde des traces de ses transactions, une sorte d'assurance au cas où les personnes pour qui vous travaillez décideraient de vous supprimer.

Il ouvrit le tiroir et sortit les disquettes, qu'il lança sur le bureau.

— Nous y jetterons un coup d'œil tout à l'heure. Deux à trois mille dollars transitent ici toutes les semaines. Au bout de l'année, ça doit faire un joli paquet. Et si on ajoute votre commission pour faire passer des malfrats en les mêlant aux groupes de touristes, vous devez joliment arrondir vos fins de mois.

Respirant à peine et de plus en plus congestionné, Bob tira sur son col.

— C'est ridicule. Complètement ridicule...

— Vous savez que Charity avait gardé votre C.V. ? Ce qu'il y a de bien avec les petites entreprises comme celle-ci, c'est que personne ne vérifie vos références. Moi, je l'ai fait. Et j'ai découvert que vous n'avez jamais travaillé dans un hôtel à San Francisco.

— J'ai un peu étoffé mon parcours professionnel... Ça ne prouve rien.

— Je crois que nous trouverons des choses très intéressantes quand nous aurons vérifié vos empreintes.

Bob baissa les yeux vers les disquettes et décida de coopérer. C'était comme aux cartes, parfois on pouvait bluffer, et parfois il valait mieux se coucher.

— Je peux avoir un verre ?

Roman prit la flasque et la lui lança.

— Vous pensiez que j'étais un flic, n'est-ce pas ? Vous m'avez entendu poser des questions et vous aviez peur que je raconte tout à Charity.

— Je ne me sens pas bien…, gémit Bob.

La tête renversée en arrière, il but jusqu'à la dernière goutte de vodka contenue dans la flasque puis s'essuya les lèvres d'un revers de main.

— Je me suis tout de suite méfié de vous, reprit-il. Quand on fait ce genre de boulot, on apprend vite à reconnaître les flics.

— Et alors ? Qu'est-ce que vous avez fait ?

— J'en ai parlé à Block, qui a dit que je déraillais. Je voulais suspendre les opérations le temps de votre séjour, mais il ne voulait rien savoir. Alors, la nuit dernière, quand vous êtes descendu dîner, j'ai jeté un coup d'œil dans votre chambre. J'ai trouvé une boîte de munitions. Pas de flingue, juste des balles… Ce qui veut dire que vous l'aviez sur vous. J'ai appelé Block, et comme vous passiez beaucoup de temps avec Charity, nous avons pensé que c'était elle qui vous avait fait venir.

— Alors, vous avez décidé de la tuer.

— Non, pas moi, protesta Bob en portant la main à son cœur. Je vous le jure. Je ne suis pas un violent. Et puis, j'apprécie Charity. Je voulais arrêter, de toute façon. Ça commençait à devenir risqué. Block a dit qu'il allait s'en occuper, et j'ai pensé qu'il allait annuler le groupe de la semaine prochaine. Ça m'aurait laissé le temps de tout régler ici et de mettre les voiles. Si seulement j'avais su ce qu'il mijotait...

— Qu'auriez-vous fait ? Vous auriez averti Charity ?

Il se passa la main sur le visage et soupira.

— Je ne sais pas. Ecoutez, je fais des affaires. Je ne tue pas les gens.

— Qui conduisait la voiture ?

— Je n'en sais rien. Je vous le jure.

Quand Roman fit un pas vers lui, il s'agrippa aux accoudoirs de son fauteuil.

— Ecoutez, j'ai appelé Block dès que j'ai su, et il m'a dit qu'il avait engagé quelqu'un. Il ne pouvait pas le faire lui-même car il se trouvait sur le continent. Il a dit que le type ne voulait pas la tuer, juste la mettre hors circuit quelques jours.

— Vous allez devoir découvrir qui conduisait la voiture.

— Bien sûr. Tout ce que vous voudrez, Dewinter.

— Je suis sûr que nous allons former une excellente équipe, tous les deux.

— Mais... Vous n'allez pas prévenir Royce ?

— Ne vous occupez pas de ça. Tout ce que je vous demande, c'est de continuer à faire comme d'habitude. Si vous collaborez, je glisserai un mot pour vous à mon supérieur.

Posant une fesse sur le bureau, Roman se pencha vers lui.

— Mais si vous cherchez à fuir, je vous retrouverai où que vous soyez. Et quand j'en aurai terminé avec vous, vous regretterez que je ne vous aie pas tué.

— Que... que voulez-vous que je fasse ?

Charity en avait plus qu'assez. Quelle idée elle avait eue de promettre à Roman qu'elle ne quitterait pas sa chambre ! Elle ne pouvait même pas utiliser le téléphone pour appeler le bureau et vérifier si tout allait bien.

Elle avait essayé de faire contre mauvaise fortune bon cœur, feuilletant les magazines que Lori lui avait apportés. Elle reconnaissait même qu'elle avait souvent rêvé d'une journée comme celle-ci, où elle aurait pu rester au lit à ne rien faire pendant que tout s'agitait autour d'elle.

À présent qu'elle savait ce que c'était vraiment, elle détestait cela.

Le cachet que Roman avait insisté pour lui faire prendre la faisait somnoler. Périodiquement, elle piquait du nez, se réveillant complètement déboussolée et la bouche pâteuse. Elle se reprochait alors de ne pas avoir suffisamment de volonté pour rester consciente.

Parce que la lecture aggravait son mal de tête, elle avait essayé de regarder la télévision, mais n'avait cessé de passer de chaîne en chaîne sans parvenir à fixer son intérêt.

Lorsqu'elle était tombée sur *Le Faucon maltais*, elle s'était sentie à la fois ravie et soulagée. Si elle était condamnée à rester au lit, autant que ce soit avec Bogart.

Elle finit pourtant par s'endormir et fut réveillée par les rires enregistrés d'une sitcom inepte.

Roman lui avait fait promettre de rester au lit, pensa-t-elle en se redressant sur un coude, et il n'avait même pas eu la décence de passer cinq minutes en sa compagnie.

Apparemment, il était trop occupé pour penser à elle.

Il avait bien de la chance d'avoir quelque chose à faire alors qu'elle était coincée là. Ce n'était pas dans sa nature de rester les bras croisés, et elle sentait qu'elle allait se mettre à crier de frustration.

Cette éventualité la fit sourire.

Que penserait-il si elle se mettait à hurler à pleins poumons ?

Ce serait intéressant de le savoir. Plus intéressant que de regarder une blonde écervelée ricaner bêtement.

D'accord avec elle-même, elle hocha la tête et prit une longue inspiration.

— Que fais-tu ?

Elle relâcha son souffle en voyant Roman pousser la porte. Son premier élan de joie fit rapidement place au ressentiment.

— Tu me demandes toujours ça.

— Vraiment ?

Il tenait de nouveau un plateau dans les mains, et elle reconnut l'odeur du fameux bouillon de poule de Mae.

— Alors, que faisais-tu ? insista Roman.

— Je m'ennuyais à mourir.

Elle jeta un coup d'œil au plateau et décida de se montrer un peu plus amicale. Non parce qu'elle était heureuse de le voir, mais parce qu'il était tard et qu'elle commençait à avoir faim.

— C'est pour moi ?
— C'est possible.

S'asseyant au bord du lit, Roman lui posa le plateau sur les jambes et l'observa longuement, ravi de voir qu'elle avait retrouvé son énergie et son sens de la repartie.

— Tu as l'air en pleine forme, dit-il.
— Ce n'est pas grâce à toi, répliqua-t-elle en plongeant la cuillère dans son bouillon. D'abord, tu m'extorques la promesse de ne pas bouger, puis te me laisses moisir sur pied pendant dix heures. Tu aurais quand même pu monter une minute pour vérifier que je n'avais pas sombré dans le coma.

Il était venu, mais elle dormait.

Et il avait passé presque un quart d'heure à la regarder, attendri par la jeunesse et la fragilité qu'exprimait son visage.

— J'avais des choses à faire.
— Je m'en doute.

Elle dévora trois crackers d'affilée, ignorant volontairement le regard d'envie de Roman.

— Eh bien, puisque tu es là, tu pourrais me dire comment ça se passe en bas.

— Comme sur des roulettes, dit-il en songeant à son enquête.

— Bonnie n'est là que depuis deux jours. Elle ne...

— Elle s'en sort très bien, coupa-t-il. Mae la surveille comme une mère poule protégeant sa couvée.

Il remarqua soudain les vases.

— Qu'est-ce que c'est que tout ça ?

— Lori m'a apporté des marguerites. Puis nos deux vieilles amies sont passées pour m'offrir des violettes. Elles n'auraient vraiment pas dû monter toutes ces marches à leur âge...

Elle cita encore le nom de deux personnes qui lui avaient fait porter des fleurs.

Il aurait dû y penser, se reprocha Roman. Ce genre de petites attentions romantiques comme devait les aimer une femme telle que Charity n'était vraiment pas dans sa nature.

— Roman ?

— Quoi ?

— Tu es venu jusqu'ici pour contempler mes fleurs ?

— Non.

Il ne connaissait même pas les noms de ces

fleurs rose vif, épanouies comme des choux, réalisa-t-il en se détournant.

— Tu as encore faim ?

— Non, dit-elle en déposant sa cuillère dans le bol vide. Je ne veux plus de nourriture, ni de magazines, ni de gens qui viennent me tapoter la main en me disant de me reposer. Alors, si c'est ce que tu avais en tête, tu peux partir.

— Tu es une malade charmante.

— Non, je suis une malade révoltée.

Joignant le geste à la parole, elle lui jeta au visage un livre en édition de poche. Heureusement pour lui, elle manqua sa cible.

— J'en ai assez d'être cloîtrée ici comme si j'étais contagieuse ! Je n'ai qu'une bosse sur la tête, bon sang, pas une tumeur au cerveau !

— Je n'ai jamais entendu dire que c'était contagieux.

— Ne joue pas au plus malin.

Le toisant d'un regard furieux, elle croisa les bras sur sa poitrine.

— J'en ai assez d'être ici, et encore plus qu'on me dise ce que je dois faire.

— C'est pour ton bien.

— Je ne veux pas le savoir ! J'ai une auberge

à faire tourner, et je ne peux pas le faire du fond de mon lit.

— Le monde ne va pas s'effondrer si tu te reposes quelques jours.

— C'est mon auberge, et c'est aussi ma tête. Je me lèverai si je veux.

Repoussant les couvertures, elle basculait les jambes quand elle se rappela sa promesse.

Avec un soupir, elle se glissa de nouveau sous le drap et laissa retomber sa tête sur l'oreiller.

Les pouces glissés dans ses poches, Roman l'observait avec curiosité.

— Que t'arrive-t-il ?

— C'est à cause de cette stupide promesse que tu m'as obligée à faire. Fiche le camp... Je veux rester seule.

— Très bien. Je vais dire à Mae et aux autres que tu as retrouvé ton état normal.

Elle lui jeta un autre livre, un peu plus fort cette fois, et n'eut que la satisfaction de l'entendre heurter la porte qui venait de se refermer.

Qu'il aille au diable ! songea-t-elle. Qu'ils aillent tous au diable.

C'était trop bête, songea Roman. Il n'était pas venu pour se disputer, et il n'avait pas à tolérer qu'une femme colérique lui jette des objets à la tête, surtout quand il n'avait pas le droit de les lui retourner.

Il descendit encore quelques marches avant de revenir sur ses pas.

Charity arborait une tête boudeuse quand il poussa de nouveau la porte.

— Quoi, encore ?
— Lève-toi.

Elle se redressa contre la tête de lit.

— Pourquoi ?
— Lève-toi, répéta-t-il, et habille-toi. Il doit bien y avoir un sol à balayer ou une poubelle à vider quelque part.

Elle releva le menton, les yeux étincelants de colère.

— J'ai dit que je ne me lèverai pas. Et je ne le ferai pas.
— Tu as le choix : sois tu sors de ton lit toute seule, soit c'est moi qui m'en charge.
— Tu n'oserais pas.

A peine eut-elle prononcé ces mots qu'elle les regretta car elle avait pourtant l'intuition qu'il était homme à tout oser.

Et elle avait raison.

D'un mouvement souple et rapide, Roman s'avança vers le lit et lui prit le bras. Elle essaya de s'agripper à un montant du baldaquin, mais il parvint à la tirer hors des draps jusqu'à ce qu'elle se retrouve à genoux au milieu du lit.

— C'est ridicule ! protesta-t-elle.

Elle sentit que sa main glissait autour de la colonne et tenta d'assurer sa prise.

— Arrête, Roman ! Je vais finir par tomber et me retrouver avec une nouvelle bosse.

— Tu voulais te lever, lève-toi !

— Non, j'avais envie de me lamenter. Et j'y parvenais très bien... Roman, arrête maintenant. Tu vas me déboîter l'épaule.

— Tu es la femme la plus entêtée et la plus déraisonnable que j'aie jamais rencontrée, dit-il.

Mais il la lâcha.

— Je suis d'accord pour le premier qualificatif, mais je ne suis jamais déraisonnable.

Lui offrant un sourire, elle croisa les jambes en tailleur.

L'orage était passé. En tout cas, de son côté. Quant à Roman, une ombre de colère assombrissait encore ses yeux.

Elle poussa un long soupir.

— Je suis désolée de m'être emportée contre toi.

— Je n'ai pas besoin de tes excuses.

— Bien sûr que si.

Elle était prête à lui tendre la main, mais il n'avait visiblement pas envie de faire la paix.

— Je n'ai pas l'habitude d'être coupée du monde extérieur, expliqua-t-elle. Et je ne suis jamais malade. Je n'ai donc pas appris à rester docilement dans mon lit.

Elle tritura le drap entre ses doigts, avant de lever les yeux vers lui.

— Je suis vraiment désolée, Roman. Est-ce que tu as l'intention de m'en vouloir longtemps ?

— Ce serait peut-être la meilleure solution.

La colère n'avait rien à voir avec ce que Roman ressentait à cet instant.

Elle était tellement attirante avec ce demi-sourire, ses cheveux emmêlés, sa chemise de nuit sagement boutonnée jusqu'au cou, mais que la bagarre avait fait remonter haut sur ses cuisses.

— Tu as envie de me frapper ? demanda-t-elle, les yeux pétillants de malice.

— Possible.

C'était sans espoir ! songea-t-il.

Elle faisait de lui absolument tout ce qu'elle voulait.

Il lui sourit et s'assit près d'elle. Puis, fermant son poing, il fit mine de lui assener un direct à la joue, amortissant son geste pour en faire une caresse.

— Quand tu seras de nouveau sur pied, je te promets une vraie bagarre, dit-il.

— D'accord. Au fait, c'était gentil de ta part de me monter un repas. Je ne t'ai même pas remercié.

— En effet.

Elle se pencha pour l'embrasser sur la joue.

— Merci.

— Je t'en prie.

Soufflant sur une mèche de cheveux pour l'écarter de devant ses yeux, elle revint à son sujet de prédilection.

— Il y avait du monde, ce soir ?

— J'ai servi trente couverts.

— Il va falloir que je te donne une augmentation. Mae avait fait son gâteau au chocolat ?

— Oui.

— Je suppose qu'il n'en reste plus ?

— Pas une miette.

— Tu en as mangé ?

— Mon contrat précise que je dois être nourri.

Elle soupira et se laissa aller contre les oreillers.

— C'est vrai.

— Tu vas encore bouder ?

— Rien qu'une seconde. Je voulais te demander si le shérif avait des nouvelles du chauffard.

— Pas vraiment. Il a retrouvé la voiture à cinq kilomètres d'ici, abandonnée.

Il se pencha pour caresser du bout des doigts le pli soucieux qui venait de se former entre ses sourcils.

— Ne t'inquiète pas pour ça.

— Je ne suis pas inquiète. Enfin, pas trop… Je suis contente que le conducteur n'ait pas blessé quelqu'un d'autre. Au fait, Lori m'a dit que tu avais une entaille au bras.

— Ce n'est rien.

— Tu étais sorti te promener ?

— Je t'attendais.

— Oh…, dit-elle avec un sourire ravi.

— Tu ferais mieux de dormir.

Il se sentait bizarre, tout à coup. Bizarre et emprunté. Jamais aucune femme n'avait provoqué en lui ce genre de réaction.

— Nous sommes de nouveau amis ? demanda Charity.

— Je crois qu'on peut dire ça. Bonne nuit.

— Bonne nuit.

Il se dirigea vers la porte et l'ouvrit, mais il fut incapable de franchir le seuil.

Il resta immobile un moment, bataillant avec lui-même. Cela ne dura que quelques secondes, mais il lui sembla qu'il avait réfléchi pendant des heures.

— Je ne peux pas, dit-il.

Il ferma la porte et revint lentement vers le lit.

— Tu ne peux pas quoi ?

— Te quitter.

Le sourire de Charity s'élargit, faisant pétiller ses yeux, tandis qu'elle lui ouvrait les bras, comme il avait espéré qu'elle le ferait.

Revenir vers elle était aussi difficile que de partir, constata-t-il.

Il lui prit les mains et les serra très fort dans les siennes.

— Je ne suis pas assez bien pour toi, Charity.

— Moi, je crois au contraire que tu es parfait.

Elle porta leurs mains jointes à sa joue.

— Ça veut dire qu'un de nous deux se trompe.

— Si j'avais le courage, je quitterais cette pièce immédiatement.

Charity ressentit un pincement au cœur et l'accepta. Elle avait compris dès le début qu'aimer Roman n'irait pas sans chagrin.

— Pourquoi ? demanda-t-elle.

— Je ne peux pas te l'expliquer maintenant. Mais quand tu sauras, tu regretteras que je sois resté.

Elle l'attira vers le lit.

— Non. Quoi qu'il arrive, je serai toujours heureuse que tu sois resté.

Cette fois, ce fut elle qui lui caressa le visage pour en effacer les rides d'inquiétude. Puis elle noua les bras autour de son cou.

— Je t'ai dit qu'il ne se passerait rien entre nous avant que je sois sûre de moi... Eh bien, ce moment est arrivé. Je t'aime, Roman. Je veux que tu restes. C'est quelque chose que je souhaite et que j'ai choisi.

*
* *

L'embrasser était pour Roman comme plonger dans un monde de rêve. C'était doux, ensorcelant, et beaucoup trop beau pour être vrai.

Il avait envie d'être doux, patient, de ne la blesser en aucune façon, sachant que c'était ce qui se produirait inévitablement par la suite.

Mais ce soir, il ne vivrait que pour l'instant présent, se refusant de penser au lendemain.

Avec elle, il pourrait être ce qu'il n'avait jamais eu envie d'être : gentil, amoureux, tendre… Avec elle, il avait envie de croire que l'amour suffisait.

Car il l'aimait.

Il ne se serait pourtant jamais cru capable d'éprouver cette émotion forte et fragile à la fois. Elle coulait en lui, douce et indolore, réparant ses blessures oubliées, apaisant les souffrances qu'il portait en lui depuis toujours.

Comment aurait-il pu deviner quand elle était entrée dans sa vie qu'elle participerait à sa rédemption ?

Il la faisait se sentir belle. Et délicate. C'était comme s'il savait que leur première fois ensemble resterait à jamais gravée dans sa mémoire, et qu'il voulait en faire le moment le plus magique et le plus délicieux qui soit.

Charity l'entendit soupirer tandis qu'elle faisait glisser les mains sur son dos, et un frisson de joie anticipée la traversa. Cette fois, c'était vrai, elle allait faire l'amour avec l'homme qu'elle désirait le plus au monde.

Depuis qu'elle l'avait rencontré, elle avait souvent imaginé cette scène. Mais ses rêveries restaient toutefois dans le flou, et elle était loin de s'imaginer que ce serait aussi bouleversant.

La lampe de chevet nimbait la chambre d'une lumière ambrée. Roman n'avait pas songé à allumer les bougies, mais la petite flamme qui brillait dans les yeux de Charity les remplaçait.

Il n'avait pas pensé à la musique, mais sa chemise de nuit émit un doux bruissement quand elle se blottit contre lui, et c'était un son qu'il n'oublierait jamais.

Une brise fraîche entrait par la fenêtre ouverte, répandant des odeurs de fleurs dans la chambre, mais c'était l'odeur de sa peau qui lui emplissait la tête.

Doucement, presque effrayé à l'idée de la

blesser d'une caresse trop appuyée, il repoussa la chemise de nuit, dénudant son buste, et arrondit la main sur un sein.

Elle retint son souffle, puis le relâcha en gémissant dans son cou, et il découvrit que jamais rien ne l'avait excité autant.

Charity chercha les boutons de sa chemise, gardant les yeux rivés à ceux de Roman. Sombres, profonds, et aussi vibrants que l'eau qui entourait l'auberge, ils ne dissimulaient rien de ce qu'il ressentait.

— Je veux te toucher, dit-elle en lui repoussant sa chemise sur les épaules.

Elle sentit son cœur s'emballer tandis qu'elle effleurait les muscles de son torse tendus sous la peau mate et lisse.

Il y avait en lui une force qui l'impressionnait et l'excitait malgré elle. Il avait le corps puissant d'un homme qui savait se battre et n'hésitait jamais à prendre des risques. Mais ses mains sur elle étaient douces, presque hésitantes.

Son émoi s'accrut, mais la peur en était absente.

— J'ai l'impression que j'ai attendu toute ma vie le moment de te toucher, dit-elle.

Sa caresse se fit plus légère tandis qu'elle s'approchait du bandage sur son bras.

— Ça fait mal ?
— Non.

Roman sentit chaque muscle de son corps se crisper tandis qu'elle laissait glisser ses doigts vers la ceinture de son pantalon, et il se demanda comment il était possible de ressentir à la fois une telle paix et un tel tourment.

— Charity...
— Embrasse-moi, murmura-t-elle.

Il n'avait pas la force de refuser, et il se demanda ce qu'elle réclamerait si elle savait combien il était à sa merci.

Luttant contre son désir, il s'obligea à prendre son temps, l'embrasant par de troublantes caresses.

Il savait qu'il pouvait lui donner du plaisir, enflammer ses passions, et cette pensée poussait son désir à son paroxysme.

Il savait aussi qu'elle lui donnerait tout ce

qu'il lui demanderait, sans questions, sans réserves.

Comment une femme aussi exceptionnelle pouvait-elle l'aimer ? Et pourtant, elle était là, lui offrant la chance d'atteindre enfin le paradis.

Ce n'était pas un rêve qui le laisserait tremblant de frustration au petit matin. Ce n'était pas un souhait qu'il serait obligé de prétendre n'avoir jamais fait.

C'était réel.

Elle était réelle.

Et elle l'attendait.

Il aurait pu déchirer sa chemise de nuit en un geste. Au lieu de quoi, il défit les minuscules boutons un à un, picorant l'étroite bande de peau ainsi libérée de petits baisers, s'enivrant des gémissements qui échappaient à Charity.

Enfin, il souleva le vêtement, révélant son ventre plat sous la lumière moirée de la veilleuse, puis ses seins aux pointes tendues.

Lui murmurant des mots tendres, il s'employa à la faire basculer au-delà de la raison.

Le corps de Charity se tendit et il vit ses yeux s'écarquiller.

Quand elle murmura son nom, il couvrit sa bouche de la sienne pour capturer son long gémissement tandis qu'un dernier frisson agitait son corps.

Lorsqu'il la laissa aller, il eut l'impression qu'elle glissait comme de l'eau entre ses mains. Il suffit pourtant d'une caresse pour faire renaître son désir, et il fut secrètement flatté du pouvoir qu'il avait sur elle.

C'était impossible, songea Charity. Impossible d'éprouver de telles sensations et d'attendre encore davantage.

Elle était prisonnière — une prisonnière glorieusement consentante — des sensations qu'il faisait naître en elle.

Avec audace et imagination, il la guidait dans un long voyage vers un monde de sensations enivrantes, un univers sans interdit. Et elle avait envie de rester là pour l'éternité, de le garder toujours avec elle.

Lorsqu'il vint enfin en elle, mettant fin à la délicieuse torture qu'il lui avait imposée jusqu'aux limites du supportable, elle l'entendit gémir.

Elle sut alors qu'il était tout aussi captif de leur passion qu'elle l'était elle-même.

— Ne bouge pas, dit-elle.

— Je te fais mal.

Elle laissa échapper un long soupir comblé.

— Non. Pas du tout.

— Mais je suis beaucoup trop lourd.

Roulant sur le dos, il inversa leur position.

— Comme tu voudras, dit-elle en posant la tête sur son épaule. Tu sais que tu es un amant extraordinaire ?

Il ne chercha même pas à dissimuler son sourire de satisfaction.

— Tu en as eu tant que ça ?

Ce fut au tour de Charity de sourire. La légère trace de jalousie dans sa voix n'était qu'un merveilleux bonus à une nuit extraordinaire.

— Tout dépend de ce que tu entends par beaucoup.

Ignorant le léger agacement que provoquait cette question, Roman joua le jeu.

— Plus de trois. Trois, ça correspond à quelques-uns. Au-delà de trois, c'est beaucoup.

— Ah... Eh bien, dans ce cas...

Elle aurait aimé être capable de mentir et de s'inventer une horde d'amants.

— Je crois que j'en ai eu moins de quelques-uns. Ce qui ne veut pas dire que je ne sois pas capable de reconnaître l'excellence.

— Je n'ai rien fait dans ma vie pour te mériter.

— Ne sois pas stupide ! Et ne change pas de sujet.

— Quel sujet ?

— Tu es malin, Dewinter, mais pas suffisamment.

Elle leva un sourcil et étudia son visage d'un air moqueur.

— C'est à mon tour de te demander si tu as connu beaucoup de femmes.

Il ne sourit pas cette fois.

— Beaucoup trop. Mais il n'y en a qu'une seule qui compte.

L'amusement disparut des yeux de Charity.

— Tu vas me faire pleurer, murmura-t-elle.

Pas maintenant, songea-t-il en lui caressant les cheveux. Cela arriverait bien assez tôt, mais pas maintenant.

— Tu n'as jamais eu envie de te marier ? demanda-t-il. D'avoir des enfants ?

— Quelle question étrange... Je crois tout simplement que je n'ai jamais aimé quelqu'un assez pour vouloir m'engager.

Ses propres mots la firent grimacer.

— Ce n'était pas une allusion.

Mais c'était exactement ce que Roman avait envie d'entendre.

Il savait qu'il était fou de s'autoriser à penser ainsi, même pour quelques heures, mais il avait envie de croire qu'elle l'aimait assez pour pardonner, pour accepter et pour promettre.

— Et les voyages que tu voulais faire ?

Elle haussa les épaules et se blottit plus étroitement contre lui.

— Peut-être que je n'ai pas voyagé parce que je savais au fond de moi que j'aurais détesté visiter seule tous ces endroits. Qu'y a-t-il d'intéressant à Venise si on n'a personne pour faire un tour en gondole ? Ou à Paris si personne ne vous tient la main en marchant le long de la Seine ?

— Nous pourrions y aller ensemble.

D'abord surprise, Charity éclata de rire. Roman ne devait même pas avoir les moyens de se payer un billet pour le ferry.

— D'accord. Quand dois-je faire mes bagages ?

— Tu voudrais bien ?

Il lui souleva le menton pour la regarder dans les yeux.

— Bien sûr, dit-elle avant de l'embrasser.
Puis elle blottit le visage au creux de son cou et s'endormit.
Roman éteignit alors la lampe de chevet et resta un long moment les yeux ouverts à fixer les ténèbres.

8

Charity ouvrit lentement les yeux et se demanda pourquoi elle ne pouvait pas bouger.

Tournant la tête, elle découvrit le visage de Roman à quelques millimètres du sien. Il l'avait attirée étroitement contre lui dans son sommeil, la retenant prisonnière dans le cercle de ses bras.

Bien qu'il y eût quelque chose de possessif dans la façon dont il la tenait, elle ne put s'empêcher de trouver cela attendrissant.

Ignorant l'inconfort, elle resta immobile et en profita pour l'observer, se rassasiant de lui.

Elle avait toujours pensé que les gens paraissaient plus doux, plus vulnérables dans le sommeil.

Pas Roman.

Eveillé, il avait le corps d'un combattant et le regard d'un homme déterminé et intègre, capable d'affronter la vie sans jamais reculer devant l'adversité, prêt à tous les courages, toutes les audaces.

A présent, ses paupières étaient fermées, mais son visage ne semblait pas détendu. Comme s'il restait toujours sur ses gardes.

Pourquoi ? Et avait-il toujours été ainsi ? Ou l'était-il devenu par la force des choses ?

Quand il souriait, quand la dureté de ses traits cédait la place à une expression de joie presque enfantine, il devenait incroyablement séduisant. Hélas, il ne souriait pas assez souvent.

Elle veillerait à y remédier.

Un sourire attendri étira ses lèvres tandis qu'elle continuait à le dévorer des yeux.

Avec le temps, elle lui apprendrait à se détendre, à profiter de la vie et à faire confiance.

Elle le rendrait heureux.

Il n'était pas possible que l'amour qu'elle lui portait ne parvienne pas à accomplir ce miracle. Et il n'était pas possible que ce qu'ils avaient partagé cette nuit ne l'ait pas bouleversé, remettant en cause tout ce qu'il avait vécu jusqu'à présent.

Tôt ou tard — et elle espérait que cela ne

tarderait pas trop — il reconnaîtrait qu'ils étaient faits l'un pour l'autre.

Puis viendrait le temps des projets et des promesses.

Elle ne le laisserait pas partir, décida-t-elle.

Il ne s'en rendait peut-être pas compte pour le moment, mais un lien invisible les reliait à présent, et il serait difficile de le rompre.

Il avait tant à donner, et pas seulement sur le plan physique, bien qu'elle n'ait pas honte de reconnaître que ses talents en ce domaine l'avaient surprise et charmée.

Même s'il s'appliquait à ne rien laisser paraître, c'était un homme profondément sensible, torturé par les émotions.

Que lui était-il arrivé pour qu'il se méfie autant de l'amour, et qu'il ait aussi peur d'en donner ?

Elle l'aimait trop pour le lui demander. C'était une question à laquelle il devait répondre de lui-même, et elle savait qu'il finirait par le faire.

Dès qu'il aurait assez confiance en elle.

Et quand il le ferait, elle lui montrerait que tout ce qui s'était passé avant n'avait pas d'importance. Que seul comptait ce qu'ils ressentaient à présent.

Elle se pencha pour lui effleurer les lèvres d'un baiser et vit ses yeux s'ouvrir.

Il ne fallut à Roman qu'un instant pour avoir le regard clair, et elle regarda avec fascination son expression passer de la méfiance au désir.

— Tu as le sommeil léger, dit-elle. Je voulais seulement...

Avant qu'elle ait eu le temps de finir sa phrase, sa bouche fut sur la sienne, fiévreuse et exigeante.

Pour Roman, c'était sa seule façon de lui faire comprendre ce que cela signifiait pour lui de se réveiller et de la trouver à son côté. Il avait connu trop de matins solitaires dans des lits de motels inconnus.

Ce miracle qui venait de se produire, c'était ce qu'il attendait sans le savoir.

Pendant des années, il avait délibérément repoussé toute personne qui essayait de s'approcher de lui, que ce soit sur le plan sentimental ou amical.

A cause du travail.

Il était persuadé que son travail lui interdisait tout lien. Mais c'était un mensonge — un parmi tant d'autres.

Il avait choisi de rester seul parce qu'il ne voulait pas prendre le risque de tout perdre, de souffrir, mais en l'espace d'une seule nuit, tout avait changé.

Il se souviendrait de tout.

Des pâles rayons du soleil qui filtraient par le store vénitien, de l'écho des premiers chants d'oiseaux, de l'odeur de la peau de Charity qui se réchauffait au contact de la sienne.

Et de sa bouche... Jamais il n'en oublierait le goût.

Cédant au désir brûlant qu'il sentait monter en lui, et qu'il devinait également chez Charity, il entra doucement en elle et la guida par ses baisers et le mouvement lent et rythmé de ses reins vers un plaisir fulgurant.

Les yeux clos, se trouvant à la limite du monde réel et du rêve, Charity s'étira avec volupté, les bras levés vers le plafond.

Blottie dans une douce chaleur, sensible aux derniers frissons de son corps, elle s'émerveillait d'avoir éprouvé une fois encore cette incroyable exaltation physique.

— Et dire que je considérais le jogging comme la meilleure façon de commencer la journée, dit-elle.

Rieuse, elle se blottit contre lui, et posa la tête sur son torse.

— Je te remercie de m'avoir montré à quel point je me trompais.

— Tout le plaisir était pour moi. Donne-moi une minute, et je te montrerai la meilleure raison de rester au lit toute la matinée.

C'était diablement tentant, mais elle devait trouver la force de résister.

— Peut-être un peu plus tard, si tu as le temps, dit-elle en se redressant.

Il lui prit le poignet, mais sans le serrer.

— Où vas-tu ?

— Il faut que je sorte Ludwig.

— Non.

Alors qu'elle s'apprêtait à se passer la main dans les cheveux, elle suspendit son geste.

— Et pourquoi ça ?

Roman connaissait ce ton.

Elle avait repris les commandes, même si la passion de leur étreinte se lisait encore sur son visage et que le drap la dénudait jusqu'à la taille.

Il savait qu'elle ne supportait pas les ordres, mais il allait la faire changer d'avis.

— Tu ne sortiras pas le chien, un point, c'est tout.

— Bien sûr que si. J'ai tenu ma promesse et je suis restée au lit toute la journée d'hier. Et toute la nuit, par la même occasion. Maintenant, il est temps que ma vie reprenne son cours normal.

Tant qu'elle restait dans l'hôtel, il n'y voyait pas d'inconvénient. En fait, plus vite tout rentrerait dans l'ordre, mieux ce serait. Mais il n'était pas question qu'il la laisse se promener toute seule sur une route déserte.

— Tu n'es pas en état de parcourir un kilomètre à pied.

— Trois kilomètres, corrigea-t-elle. Et j'en suis tout à fait capable.

— Trois ?

Il lui caressa la cuisse en souriant malicieusement.

— Ça ne m'étonne pas que tu sois aussi musclée.

— Ce n'est pas la question, dit-elle en se dégageant avant qu'il ne réussisse à la faire fléchir.

— Tu as un corps incroyable.
— C'est vrai ?
— Absolument. Tu veux que je te montre à quel point je l'apprécie ?
— Non, je...
Elle lui prit les mains et les repoussa fermement.
— Ça va sûrement nous tuer si on recommence.
— Je suis prêt à prendre le risque.
— Roman, je suis sérieuse.
C'était impossible, pensa Charity.
Impossible de ressentir de nouveau cette envie désespérée.
— Tu as des jambes fabuleuses, dit-il en lui léchant l'arrière du genou.
Se sentant vaciller, Charity crispa les doigts dans le matelas.
— Tu essaies de me distraire.
— Oui.
— Tu n'y arriveras pas. Et puis, ce n'est vraiment pas gentil de priver Ludwig de sa promenade. Il en a besoin.
— Très bien, dit-il en se redressant. C'est moi qui vais le sortir.
— Toi ?

Elle tourna la tête pour éviter son baiser et frissonna quand ses lèvres se posèrent dans son cou.

— Ce n'est pas la peine. Je suis parfaitement...

Le reste de sa phrase se perdit dans un gémissement tandis qu'il lui caressait les seins.

— J'ai terriblement envie de toi, murmura-t-il.

— Tu essaies de me séduire ?

— On dirait que rien ne t'échappe.

Elle était en train de perdre lamentablement la partie, elle en avait conscience.

Elle savait qu'elle se le reprocherait plus tard, mais pour le moment, elle ne pouvait rien faire d'autre que de s'offrir à lui dans une soumission totale.

— Ce n'est pas une réponse, remarqua-t-elle.

— Non, dit-il en venant en elle, lui coupant le souffle, mais il faudra t'en contenter.

Palpitante, elle noua les jambes autour de ses reins puissants et se laissa entraîner dans une danse sauvage.

Le plaisir déferla bientôt en elle comme une

énorme vague, la laissant aussi molle qu'une poupée de chiffon entre les draps.

— Reste là, dit-il en déposant un baiser sur son front avant de se redresser. Je reviens tout de suite.

— Sa laisse est accrochée sous l'escalier. Il aime courir après le chat des Fitzsimmons, mais ne t'inquiète pas, il ne le rattrape jamais.

— Voilà qui me rassure.

Il se pencha pour lacer ses chaussures.

— Il y a autre chose que je devrais savoir ?
— Oui.

Elle se redressa pour tapoter son oreiller et s'installer plus confortablement.

— Je t'aime.

Bouleversé comme toujours par cette déclaration qu'il savait sincère, il quitta la pièce sans répondre.

Elle n'était pas fatiguée, songea Charity tandis qu'elle remontait la couverture et se blottissait avec volupté dans le lit. Au contraire, elle ne s'était jamais sentie aussi bien de sa vie

Elle resta un moment à rêver, savourant la

chance qu'elle avait d'avoir rencontré Roman, jusqu'à ce que la culpabilité prenne le dessus.

Retrouvant ses habitudes, elle alluma la chaîne stéréo, jeta un coup d'œil à ses notes sur le bureau, en griffonna quelques-unes, puis se dirigea vers la salle de bains.

Elle chantonnait au son d'un concerto pour violon quand le rideau s'ouvrit dans un bruissement.

— Roman !

Pressant les deux mains sur son cœur, elle prit appui contre le mur.

— Tu as failli me faire mourir de peur. Ne me dis pas que tu as confondu mon auberge avec le motel des Bates.

— Toi, tu as trop regardé *Psychose*. Désolé de te décevoir, mais j'ai oublié mon couteau de boucher.

Il ôta sa chemise et la jeta par terre.

— Tu n'as jamais envisagé d'apprendre à ce chien comment marcher en laisse ? demanda-t-il.

— Non.

Elle sourit en le voyant ôter son jean.

— Je peux comprendre que tu aies besoin d'une douche.

Admirant avec un frisson d'anticipation la virilité triomphante qui s'offrait à son regard, elle eut un petit rire.

— Apparemment, cette promenade ne t'a pas épuisé.

Une heure plus tard, Charity traversait le hall de réception.

— J'ai une de ces faims, murmura-t-elle en pressant une main sur son estomac.

Puis elle ajouta à haute voix :

— Bonjour, Bob.

Ignorant la présence de Roman, ce dernier s'empressa de faire le tour du comptoir pour venir la saluer.

— Charity, comment allez-vous ? N'est-ce pas un peu trop tôt pour reprendre le travail ?

— Je me sens bien, mais je suis désolée de vous avoir abandonnés en plein chaos, hier.

— Ne dites pas de sottises ! Nous étions tous très soucieux pour vous.

— C'est gentil, mais vous n'avez plus de raison de vous inquiéter à présent. Je ne me suis jamais sentie aussi en forme de ma vie.

Bob surprit le regard passionné qu'elle lança à Roman et sentit la panique le gagner.

Si le flic était amoureux d'elle, il risquait de se montrer encore moins indulgent à son égard.

— Je suis ravi de l'entendre, mais...

Elle l'interrompit en levant la main.

— Il n'y a rien d'urgent à régler ?

Il jeta un regard hésitant à Roman.

— Non... Non, tout est calme.

— Bien.

Charity jeta quand même un coup d'œil à quelques documents, avant de reporter son attention sur son assistant.

— Quelque chose ne va pas, Bob ?

— Mais non. Quelle drôle de question !

— Vous êtes un peu pâle. Vous êtes sûr que vous n'êtes pas malade ?

— Non, tout va bien, je vous assure. Nous avons eu de nouvelles réservations. Juillet est presque complet.

— Bien. Je verrai cela après le petit déjeuner.

Elle lui tapota la main.

— Allez donc vous servir un café, cela vous fera du bien.

Trois tables étaient occupées, et Bonnie s'activait à prendre les commandes. Le menu était inscrit au tableau d'une écriture appliquée, et une musique douce et apaisante jouait en sourdine. Les fleurs étaient fraîches, et le café chaud.

— Quelque chose ne va pas ? demanda Roman.

— Non, répondit-elle en lissant le col de son chemisier. Que pourrais-je trouver à critiquer ? Tout a l'air de se dérouler à merveille.

Avec l'impression d'être totalement inutile, elle se dirigea vers la cuisine.

L'ambiance était à la bonne humeur. Mae et Dolores travaillaient côte à côte tandis que Lori préparait les plateaux.

— Il nous faudrait plus de beurre, remarqua Mae.

— C'est comme si c'était fait.

Gaie comme un pinson, Dolores sortit les mini-plaquettes du réfrigérateur et les disposa dans un panier. Tout à coup, elle aperçut Charity et son visage s'éclaira.

— Oh, vous êtes là ! On ne s'attendait pas à vous voir reprendre le collier aussi tôt.

— Je me sens en forme.

Lui jetant à peine un coup d'œil, Mae continua à râper du fromage.

— Asseyez-vous, mon petit. Dolores va vous faire un thé.

Charity grimaça.

— Je ne veux pas de thé.

— Vouloir et avoir besoin, ce n'est pas la même chose, commenta Mae d'un ton sentencieux.

— Je suis contente de voir que vous allez mieux, dit Lori, avant de franchir la porte battante, les bras chargés.

Bonnie entra au même instant, son carnet de commandes à la main.

— Oh, bonjour, Charity. Nous pensions que vous alliez vous reposer un jour de plus. Vous vous sentez mieux ?

— Je vais bien, dit Charity, les dents serrées. Très bien.

— Tant mieux. Deux œufs au bacon, Mae. Une omelette aux herbes, un thé citron, un muffin... Et il nous faudrait plus de café.

Après avoir fixé la feuille à un crochet près de la gazinière, elle prit la cafetière que lui tendait Dolores et s'empressa de retourner en salle.

Charity s'avança pour prendre un tablier, et fut repoussée par Mae.

— Je vous ai dit de vous asseoir.

— Et moi, je vous ai dit que j'allais bien. Très, très bien... Je vais aller aider Bonnie à prendre les commandes.

— Vous allez m'obéir et vous asseoir.

Comme Charity affichait une moue boudeuse, Mae lui tapota gentiment le dos.

— Faites-moi plaisir et mangez quelque chose. Vous ne voulez pas que je m'inquiète, n'est-ce pas ?

— Non, bien sûr que non.

— Parfait. Alors, prenez cette chaise. Je vais vous faire griller des toasts.

Charity prit place à la table et Dolores posa devant elle une tasse de thé.

— Vous nous avez fait une belle frayeur, hier, dit-elle. Asseyez-vous, Roman. Je vais vous servir un café.

— Merci.

Se penchant à l'oreille de Charity, il remarqua à voix basse :

— Alors, on capitule ?

Elle haussa les épaules, vexée.

— Pas du tout.

— Le médecin va passer tout à l'heure pour vérifier que tout va bien, annonça Mae.

— Oh, pour l'amour du ciel !

— Interdiction de travailler tant qu'il n'aura pas donné son accord, renchérit Mae qui, après avoir vérifié la liste, commença à préparer la commande de Bonnie. Vous ne ferez rien de bon si vous n'êtes pas complètement remise. Et nous avons eu assez de problèmes comme ça, hier.

Charity cessa de contempler sa tasse et leva les yeux vers elle.

— Ah bon ?

— Tout le monde posait des questions et personne n'avait la réponse. Une pile de draps a disparu...

— Quoi ?

— On les a retrouvés. Mais ça a fichu une belle pagaille. Et je ne vous parle pas du service pour le dîner. Une personne de plus n'aurait pas été du luxe.

Mae adressa un discret clin d'œil à Roman.

— Nous serons tous soulagés quand vous pourrez reprendre les rênes. Mais, que faites-vous, Dolores ? Il faut que le bacon soit doré à point.

— Il est doré.

— Pas assez.

— Vous voulez que je le fasse brûler ?

Charity dissimula un sourire en buvant une gorgée de thé.

Mon Dieu, qu'il était bon de retrouver ses habitudes...

Charity ne revit Roman qu'en fin d'après-midi.

Elle avait un crayon calé sur l'oreille, un bloc-notes dans une poche, un chiffon à la main, et elle courait dans le couloir menant à son appartement quand elle le croisa.

— Une urgence ? demanda-t-il.

Elle lui sourit.

— Oui, j'ai oublié des papiers là-haut.

Elle consulta sa montre et décida qu'elle pouvait prendre deux minutes pour discuter avec lui.

— Je ne sais pas ce qu'a Bob en ce moment, mais il n'est pas dans son état normal.

— Ah bon ?

Elle rejeta ses cheveux en arrière, faisant danser les fines spirales d'or qu'elle portait aux oreilles.

— J'espère qu'il n'est pas malade, lui aussi. J'ai dû renvoyer chez elle une femme de ménage qui ne se sentait pas bien, et du coup, il me manque quelqu'un pour préparer les chambres 3 et 5.

— Je croyais que le médecin t'avait dit de te reposer.

— Oui, mais... Comment le sais-tu ? demanda-t-elle, les sourcils froncés.

— Je lui ai demandé.

Il lui prit le chiffon à poussière des mains.

— Je vais m'occuper des chambres.

— Ne sois pas ridicule ! Ce n'est pas ton travail.

— Peu importe. Et quand j'aurai fini, je monterai dans ta chambre. Et si tu n'es pas au lit, je mettrai l'auberge sens dessus dessous pour te trouver.

— On dirait une menace.

Il écrasa sauvagement sa bouche sur la sienne.

— C'en était une...

— Je suis terrifiée, dit Charity, avant de se ruer vers l'escalier.

Ce n'était pas qu'elle tenait absolument à désobéir aux ordres du médecin, mais elle avait beaucoup trop de choses à faire pour s'offrir le luxe de se reposer. Chaque coup de fil qu'elle passait comportait cinq minutes d'explication au sujet de son accident : non, vraiment, elle se sentait en pleine forme. Oui, c'était affreux pour la pauvre Mme Norton qu'on ait volé sa voiture. Oui, elle était sûre que le shérif trouverait le coupable. Non, elle n'avait rien de cassé, ni bras, ni jambe, ni épaule. Oui, elle avait bien l'intention de faire attention à elle, merci beaucoup...

L'affection qu'on lui portait et les vœux de prompt rétablissement lui auraient réchauffé le cœur si elle n'avait pas pris tellement de retard. Pour arranger le tout, Bob semblait distrait et faisait n'importe quoi, de sorte qu'elle devait aussi prendre en charge son travail.

Par deux fois, elle avait essayé de faire une pause, mais elle avait été dérangée par de nouveaux clients.

Persuadée que Roman avait tout remis en place dans la chambre 5, elle était à présent occupée à y installer un couple de jeunes mariés.

— Vous avez une jolie vue sur le jardin, dit-elle tout en vérifiant d'un coup d'œil que tout était en ordre.

Roman avait aligné les serviettes sur le porte-serviettes, et le lit était fait avec une précision toute militaire. Discrètement, elle passa les doigts sur le dessus de la commode et n'y trouva pas un grain de poussière.

— Nous faisons une dégustation de vin tous les soirs à 18 heures dans le fumoir. Je vous recommande de réserver pour le dîner si vous prévoyez de nous rejoindre, car nous avons toujours beaucoup de monde le samedi soir. Le petit déjeuner est servi entre 7 h 30 et 10 heures. Et si vous voulez…

Elle s'interrompit en voyant Roman entrer dans la chambre.

— Je suis à toi dans une minute, dit-elle, avant de reporter son attention sur le jeune couple.

Roman leur adressa un signe de tête courtois avant de soulever Charity dans ses bras.

— Excusez-moi, mais Mlle Ford est attendue ailleurs. Je vous souhaite un bon séjour parmi nous.

Le premier choc passé, Charity commença à se débattre.

— Tu as perdu la tête ? Repose-moi tout de suite.

— J'en ai bien l'intention. Pour te mettre au lit.

— Mais tu ne peux pas...

Charity se tut, embarrassée, tandis qu'ils traversaient le fumoir.

Deux hommes assis sur le canapé cessèrent de raconter leurs histoires de pêche pour les regarder. Une famille qui venait de rentrer de randonnée s'arrêta dans le couloir pour leur jeter un coup d'œil et Millie et Lucy interrompirent leur partie de Scrabble.

— Oh, comme c'est romantique ! s'écria Millie en joignant les mains, tandis qu'ils s'éloignaient vers l'aile ouest.

— Tu m'as fait une de ces hontes ! protesta Charity.

Roman rectifia sa position dans ses bras pour assurer sa prise et commença à monter l'escalier.

— Tu as de la chance que je n'aie rien fait d'autre.

— Tu n'as pas le droit de m'interrompre quand j'accueille des clients. Et, pour tout arranger, il a fallu que tu joues les Rhett Butler.

— Si je me rappelle bien, il avait tout à fait

autre chose en tête, quand il a pris cette tête de mule de Scarlett dans ses bras.

Il la laissa tomber sur le lit sans trop de ménagements.

— Moi, je veux seulement que tu te reposes.

— J'ai bien envie de te dire d'aller au diable !

Il se pencha et lui prit le visage dans les mains.

— Mais je t'en prie.

— Je suis beaucoup trop bien élevée pour ça.

— J'en ai de la chance !

Il se pencha un peu plus, affichant un air faussement menaçant.

— Je ne veux pas que tu quittes ce lit avant une heure.

— Ou bien ?

— Ou bien je demande à Mae de venir te tirer les oreilles.

— C'est un coup bas, Dewinter.

Il posa un baiser juste à côté du pansement qu'elle avait sur la tempe.

— Repose-toi pendant une heure, chérie. Ça ne te fera pas de mal.

Elle le saisit par le devant de sa chemise.

— Ça me plairait davantage si tu restais avec moi.

Roman n'eut pas le temps de répondre car le téléphone sonna dans le bureau, et il empêcha Charity qui avait fait le geste de se relever.

— Reste ici, je m'en occupe.

Elle leva les yeux au ciel tandis qu'il se dirigeait vers la pièce adjacente.

— Oui ? dit Roman. Elle se repose. Dites qu'elle rappellera dans une heure. D'accord...

Il baissa machinalement les yeux vers un catalogue ouvert sur le bureau et vit qu'elle avait coché un bracelet en or orné de pierres rouges.

— Je compte sur vous pour assurer la relève pendant une heure.

— Qu'est-ce que c'est ? cria Charity depuis la chambre.

— Je te le dirai quand tu te seras reposée.

— Bon sang, Roman !

— Plus tard.

— Mais si c'est important...

— Ça ne l'est pas.

Elle lui lança un regard agacé.

— Comment peux-tu le savoir ?
— Je sais que ça n'est pas plus important que toi. Rien ne l'est.

Il devait garder Bob à l'œil, songeait Roman en descendant l'escalier. Tant qu'il aurait davantage peur de lui que de Block, tout irait bien. Il lui suffisait pour cela de maintenir la pression quelques jours de plus. Jeudi, un groupe envoyé par Vision Tours devait arriver. Au moment où Block repartirait, le piège se refermerait sur lui.

Il poussa la porte du bureau et trouva Bob devant l'ordinateur, en train de siroter un café.

— Pour quelqu'un qui passe sa vie à raconter des bobards, vous perdez un peu vite les pédales, remarqua-t-il.

— Si vous croyez que c'est marrant avec un flic.

— Vous n'avez qu'à penser à moi comme à un associé en affaires.

Il lui prit la tasse des mains et la renifla.

— Et laissez tomber l'alcool, ajouta-t-il.

— Fichez-moi la paix.

— Je suis déjà trop gentil avec vous. Faites un effort, bon sang ! Charity a remarqué que vous agissiez bizarrement, et elle s'inquiète pour vous.

— J'aimerais bien vous y voir ! Je mens à Block, je lui tends un piège. Vous ne savez pas de quoi il est capable.

Il jeta un regard avide vers la tasse que Roman avait placée hors de sa portée.

— J'ai besoin d'un petit remontant pour m'aider à tenir le coup.

— Je crois que je ne me suis pas montré assez clair, dit Roman en allumant calmement une cigarette. Si vous coopérez, je vous obtiendrai des circonstances atténuantes. Mais si vous essayez de me doubler, je m'arrangerai pour que vous passiez le reste de vos jours derrière les barreaux. Et maintenant, allez faire un tour.

— Quoi ?

— Faites une pause. Marchez. Prenez un vrai café.

— D'accord.

L'air surpris, Bob se leva en essuyant ses paumes sur son pantalon.

— Ecoutez, je suis réglo avec vous, Dewinter. Mais vous devez me protéger de Block.

— Ne vous en faites pas. Je m'occupe de lui.

Lorsque la porte se referma derrière Bob, il décrocha le téléphone.

— Dewinter, dit-il quand la connexion fut établie.

— Faites vite. Je suis avec des amis.

— Je vais me dépêcher avant que votre martini ne se réchauffe. Je voulais savoir si vous aviez retrouvé le chauffard.

— Un homme correspondant à la description que vous a donnée votre informateur a été arrêté ce matin à Tacoma. Quant à moi, j'arriverai à l'auberge mardi après-midi. Il paraît que ma chambre donne sur un étang. Ça a l'air tout à fait charmant.

— Je veux votre parole que Charity sera laissée en dehors de tout ça.

— Comme je vous l'ai déjà dit, si elle est innocente elle n'a rien à redouter.

— Ce n'est pas une hypothèse, mais une certitude. Elle est innocente.

Luttant pour ne pas laisser éclater sa colère, Roman écrasa son mégot dans un cendrier publicitaire.

— Selon les dires d'un minable petit comptable.

— Elle a failli être tuée ! Et elle ne sait même pas pourquoi.

— Dans ce cas, surveillez-la. Je n'ai aucune envie qu'elle soit blessée, ou impliquée davantage dans cette histoire. A ce propos, il semblerait qu'un officier de police partage votre opinion au sujet de Mlle Ford. Un certain shérif Royce qui a réussi à établir votre lien avec nous.

— Comment a-t-il fait ?

— Il est malin et il a des relations. Un de ses cousins, ou beau-frère, ou je ne sais quoi, travaille pour le Bureau fédéral. Il n'était pas très content d'avoir été tenu à l'écart.

— Je m'en doute.

— Je suppose qu'il va vous rendre visite très prochainement. Ménagez-le, Dewinter.

Juste au moment où Roman entendait le cliquetis annonçant que son correspondant avait raccroché, la porte du bureau s'ouvrit. Pour une fois, songea-t-il, Conby ne s'était pas trompé.

Reposant le téléphone sur son socle, il se leva pour accueillir son visiteur.

— Bonjour, shérif...

— Puis-je savoir ce qui se passe ici, agent Dewinter ?

— Fermez la porte, voulez-vous ? Et soyez gentil, laissez tomber le « agent ».

Il lui désigna une chaise puis se rassit derrière le bureau.

— J'aimerais bien savoir ce que fait un agent fédéral infiltré sur mon territoire.

— Il suit les ordres, shérif. Vous ne voulez vraiment pas vous asseoir ?

— Je veux savoir en quoi consiste votre enquête.

— Ils ne vous l'ont pas dit ?

Royce eut un ricanement écœuré.

— Même mon cousin m'a gentiment envoyé promener. Mais je suis sûr que votre présence ici a quelque chose à voir avec l'accident de Charity.

— Je suis ici parce qu'on m'y a envoyé, dit-il, soutenant le regard de Royce. Mais la première de mes priorités est de veiller à ce qu'il n'arrive rien à Charity.

Après vingt ans passés dans les forces de l'ordre, Royce se targuait de savoir juger un homme, et ce qu'il vit dans le regard de Roman lui plut.

— J'ai su par Washington qu'elle faisait l'objet d'une enquête.

— Ce n'est plus le cas, maintenant. Mais elle est peut-être en danger. Etes-vous prêt à m'apporter votre aide ?

— Je connais cette petite depuis toujours.

Royce ôta son chapeau et passa une main dans ses cheveux clairsemés.

— Et si vous me disiez plutôt ce qui se passe, au lieu de me poser des questions stupides.

Roman le mit rapidement au courant, marquant une pause ici et là pour permettre à Royce de poser des questions.

— Je n'ai pas le temps d'être plus précis. J'ai besoin de savoir combien de vos hommes pourront être présents jeudi matin.

— Tous..., répondit Royce sans hésiter.

— Je ne veux que les plus expérimentés. Je sais que Block arrive avec des faux billets, mais il va aussi faire passer la frontière à un homme enregistré sous le nom de Jack Marshall, qui s'appelle en réalité Vincent Dupont. Il y a une semaine, il a braqué deux banques en Oregon, tué un vigile et blessé un passant. Dupont doit rester à l'auberge deux jours avant de gagner l'Amérique du Sud et Block lui demande une fortune pour ça. Block et Dupont sont tous les deux très dangereux. Nous aurons des agents à l'auberge, mais il ne faut pas oublier les civils. Il est impossible de les faire évacuer sans que Block se doute de quelque chose.

— Vous prenez un sacré risque, Dewinter...
— Je sais. Mais cela en vaut la peine...

9

Charity revint à l'auberge après avoir déposé trois clients au ferry.

C'était la plus belle matinée de toute son existence.

Après la plus belle nuit de sa vie.

Correction : la deuxième plus belle nuit de sa vie.

Elle ne s'était jamais considérée comme quelqu'un d'excessivement romantique, mais elle avait souvent imaginé à quoi cela pouvait ressembler d'être véritablement amoureuse.

Ses rêves étaient bien loin de la réalité !

C'était merveilleux. Eblouissant. A la fois simple et renversant.

Roman remplissait ses pensées et son cœur, et elle bouillait d'impatience à l'idée de le retrouver.

Chaque minute passée ensemble les rapprochait l'un de l'autre. Peu à peu, elle sentait s'effondrer les barrières qu'il avait installées autour de lui.

Il était amoureux d'elle.

Elle en était certaine, même si lui ne le savait peut-être pas encore. Elle le voyait à sa façon de la regarder, de caresser ses cheveux quand il la croyait endormie. A sa façon de la serrer dans ses bras, la nuit, comme s'il avait peur qu'elle lui échappe.

Bientôt, elle lui dirait qu'elle n'avait pas l'intention de le quitter.

Ni de le laisser partir.

Quelque chose le tourmentait. De cela aussi elle était certaine. Parfois, elle percevait la tension qui faisait rage en lui, même quand il se tenait à l'autre bout de la pièce.

Il semblait guetter quelque chose, attendre.

Mais quoi ?

Depuis l'accident, il la surveillait étroitement. Elle en était touchée, mais il devait arrêter. Elle avait beau l'aimer, elle ne supportait pas d'être traitée comme une gamine irresponsable.

Il avait fallu à Roman un certain temps pour se calmer quand il s'était aperçu que Charity avait disparu.

— Elle est allée conduire des clients au ferry, expliqua Mae.

— Mais pourquoi l'avez-vous laissée partir ?

— Parce que vous croyez qu'elle m'aurait écoutée ? Je n'ai jamais rien pu obtenir de cette enfant depuis qu'elle sait marcher. Elle n'en a toujours fait qu'à sa tête.

Elle quitta des yeux le plat qui mijotait sur la gazinière pour jeter un coup d'œil dans sa direction.

— Y a-t-il une raison particulière pour laquelle elle n'aurait pas dû prendre la voiture ?

— Non.

— Dans ce cas, pourquoi en faites-vous tout un drame ? Je sais bien que vous avez le béguin pour elle, mais tempérez un peu vos ardeurs, mon garçon. Elle sera de retour dans une demi-heure.

Tandis qu'il se mettait à faire les cent pas dans la cuisine, les mâchoires crispées et l'air sombre, Dolores et Mae échangèrent un regard entendu. Elles en auraient des choses à raconter quand elles seraient seules dans la cuisine.

Mae suivit des yeux Roman tandis qu'il se servait une tasse de café, tout en surveillant la pendule.

Oui, décidément, ce garçon était sacrément mordu, pensa-t-elle.

— Ce n'est pas votre jour de congé, aujourd'hui ? demanda-t-elle.

— Pardon ?

— C'est dimanche. Il me semblait que Charity vous avait donné votre journée.

— Ah oui, c'est possible.

— Il fait drôlement beau. C'est un temps idéal pour un pique-nique. Vous avez des projets ?

— Non.

— Charity adore les pique-niques. Malheureusement, elle n'a pas souvent le temps d'en faire. Je crois bien qu'elle n'a pas pris une journée de repos depuis un mois.

— Vous avez de la dynamite ?

Dolores, qui était occupée à découper un rosbif, releva la tête.

— Quoi ?

— Je crois qu'il faudrait faire sauter l'auberge pour que Charity décide de sortir.

Il lui fallut un moment, mais Dolores finit par comprendre la plaisanterie.

— Vous entendez ça, Mae, dit-elle en riant. Il veut de la dynamite.

— Ridicule ! marmonna Mae. On n'obtient rien de cette petite en lui donnant des ordres ou en la menaçant. Autant se taper la tête contre un mur de brique. Non, si vous voulez qu'elle fasse quelque chose, il faut s'arranger pour lui faire croire qu'elle vous rend service, que c'est vraiment important pour vous. Dolores, au lieu de bayer aux corneilles, allez plutôt me chercher un grand panier à l'office. Et vous, mon garçon, cessez de faire les cent pas comme ça, vous allez user mon carrelage.

— Elle devrait déjà être rentrée.

— Elle arrivera quand elle arrivera. Vous savez piloter un bateau ?

— Oui, pourquoi ?

— Charity a toujours adoré pique-niquer sur l'eau. Ça fait longtemps qu'elle ne l'a pas fait. Trop longtemps...

— Je sais. Elle me l'a dit.

Mae se tourna vers Roman, le visage grave.

— Vous voulez rendre ma petite fille heureuse ?

— Bien sûr.

— Dans ce cas, vous allez l'emmener faire du bateau. Débrouillez-vous pour qu'elle accepte.

— D'accord.

— Allez donc à la cave chercher une bouteille de vin. Français, s'il vous plaît. Elle adore tout ce qui est français.

— Elle a de la chance de vous avoir.

Le visage replet de la vieille dame s'empourpra, mais elle ne perdit rien de sa maussaderie habituelle.

— Allez ouste, sortez d'ici ! Il y a trop de monde dans cette cuisine, on finit par se marcher dessus.

Roman attendait Charity dehors depuis dix minutes, quand il vit arriver la camionnette. Traversant le parking gravillonné, il alla à sa rencontre.

— Salut ! dit-elle, paraissant un peu étonnée de le voir là.

Malgré la présence de deux adolescents qui les observaient avec intérêt, elle se haussa sur la pointe des pieds pour l'embrasser.

Passant un bras autour de sa taille, Roman

l'attira plus étroitement contre lui et fit durer leur étreinte.

— Eh bien...

Prenant une profonde inspiration, Charity s'appuya contre la camionnette le temps de retrouver ses esprits. Puis elle remarqua qu'il avait enfilé un ample pull noir et portait un panier en osier à la main.

— Qu'est-ce que c'est que ça ?

— Je ne sais pas. On dirait un panier, non ?

— Que veux-tu en faire ?

— Mae a mis deux trois bricoles pour moi dedans. C'est mon jour de repos.

— Oh ! dit-elle en rejetant sa queue-de-cheval en arrière. C'est vrai. J'avais oublié. Où vas-tu ?

— J'aimerais faire un tour en mer, si tu me permets d'utiliser le bateau.

— Bien sûr.

Elle leva les yeux vers le ciel.

— C'est une journée idéale. Il n'y a pas beaucoup de vent, et à peine un nuage.

— Eh bien, allons-y.

— Comment ça ?

Ne lui laissant pas le temps de réfléchir, il

l'avait déjà prise par la main et l'entraînait vers le ponton.

— Oh, Roman, c'est impossible. J'ai un millier de choses à faire. Et je...

Elle ne voulait pas admettre qu'elle ne se sentait pas prête à reprendre le bateau.

— Nous serons rentrés pour le service du soir, promit-il.

Lui caressant tendrement la joue, il ajouta :

— J'ai besoin de passer du temps seul avec toi.

— Je préférerais faire un tour en voiture. Tu n'as pas encore vu les montagnes.

— Je t'en prie.

Il posa le panier et la prit par les épaules.

— Fais ça pour moi.

Avait-il jamais supplié quelqu'un avant ? se demanda Charity.

Elle en doutait.

Avec un soupir, elle regarda le bateau qui se balançait doucement contre les piliers de l'embarcadère.

— Pourquoi pas ? Mais il faut d'abord que j'aille me changer.

Son gros gilet rouge et son jean lui tiendraient assez chaud sur le bateau, décida Roman. Elle le savait aussi. Elle ne cherchait qu'à gagner du temps.

La prenant par la main, il l'entraîna vers le ponton instable.

— Ce ne serait pas mal de le réparer, dit-il.

— Je sais. J'en avais l'intention.

Elle attendit que Roman prenne place à bord. Quand il lui tendit la main, elle hésita puis se décida à sauter sur le pont.

— J'ai la clé sur mon trousseau, dit-elle.

— Mae m'en a déjà donné une.

— Oh, je vois... C'est une conspiration.

Le moteur démarra immédiatement, ce qui n'avait rien d'étonnant car Charity continuait à faire entretenir le bateau pour que le personnel puisse l'utiliser.

— D'après ce que tu m'as dit l'autre jour, je suis sûr que ton grand-père ne voudrait pas te voir aussi malheureuse.

— Non.

Ses yeux se remplirent de larmes et elle tourna la tête vers l'auberge.

— Je sais qu'il ne le voudrait pas. Mais je l'aimais tellement. Ça finira par passer, je suppose. Mais j'ai encore besoin de temps.

Tandis que le bateau prenait de la vitesse, elle vint se blottir contre Roman.

— Tu as l'habitude de naviguer ?

— Si on veut. Quand j'étais petit, mes parents louaient un bateau tous les étés et nous faisions des sorties sur le fleuve.

— Quel fleuve ?

— Le Mississippi.

Il lui sourit et passa un bras autour de ses épaules.

— Je viens de Saint Louis, tu te rappelles ?

— Le Mississippi...

Charity eut aussitôt à l'esprit des visions de bateaux à aube et d'enfants jouant sur des radeaux de bois.

— J'adorerais le voir. Tu sais ce qui serait vraiment bien ?

— Non, quoi ?

— De faire une croisière de Saint Louis à La Nouvelle-Orléans. Je vais mettre ça dans mon dossier.

— Quel dossier ?

— Le dossier où je vais inscrire toutes les choses que j'ai envie de faire.

Avec un grand éclat de rire, elle agita la main dans la direction d'un bateau de plaisance, avant de plaquer un baiser enthousiaste sur la joue de Roman.

— Merci, dit-elle.

— Pour quoi ?

— Pour m'avoir convaincue de t'accompagner. Je me rends compte que ça me manquait.

— Tu ne t'es jamais dit que tu t'investissais beaucoup trop dans ton travail ?

— Non. On n'en fait jamais trop quand c'est quelque chose qu'on aime.

Mettant la main en visière au-dessus de ses yeux, elle fixa le large.

— Si je ne tenais pas autant à cette auberge, poursuivit-elle, je l'aurais vendue et j'aurais pris un emploi dans un grand hôtel de Seattle, ou de Miami. Huit heures par jour, la possibilité de prendre un congé maladie, des vacances... Je porterais un joli tailleur, des chaussures élégantes... et je m'ennuierais à mourir.

Elle plongea la main dans son sac et en sortit ses lunettes de soleil.

— Tu devrais le comprendre, Roman. Doué et intelligent comme tu l'es, tu devrais être chef d'équipe dans une grande entreprise de construction.

— Peut-être que je n'ai pas fait les bons choix au moment où il le fallait.

— Je suis persuadée du contraire.

— Tu ne me connais pas assez.

— Bien sûr que si. Ça fait une semaine que je vis presque en permanence avec toi. Je sais que tu es quelqu'un de réservé. Tu as mauvais caractère, mais tu te contrôles. En tout cas, le plus souvent... Tu es un excellent menuisier, et tu es galant avec les vieilles dames. Tu aimes ton café noir et sans sucre... et tu es un merveilleux amant, ajouta-t-elle, un sourire aux lèvres, en offrant son visage à la caresse du soleil.

— Et ça te suffit ?

Elle haussa les épaules.

— Ce n'est déjà pas si mal. Dis donc, j'ai faim. Tu ne voudrais pas t'arrêter quelque part ?

— Choisis.

— Droit devant. Tu vois cette petite langue de terre ? On pourra y ancrer le bateau.

Tandis qu'ils approchaient, Roman aperçut une avancée de rochers dans l'océan puis une étroite bande de sable envahie de végétation. Coupant le moteur, il manœuvra pour approcher la plage, en suivant docilement les instructions de Charity.

Tandis que les vaguelettes léchaient les côtés du bateau, elle ôta ses chaussures et roula le bas de son jean puis elle sauta dans l'eau.

— Oh bon sang, c'est glacé !

Puis elle éclata de rire et lui fit signe de la rejoindre.

Conjuguant leurs efforts, ils tirèrent le bateau sur le sable.

— Je suppose que tu n'as pas de couverture, dit-elle.

— Et ça, qu'est-ce que c'est ? répondit-il en attrapant la couverture rouge que Mae lui avait donnée.

— Génial ! Prends le panier.

Lorsqu'ils furent installés, elle s'empressa de sortir les victuailles et ouvrit de grands yeux en découvrant une bouteille de champagne.

— Eh bien, on dirait que ce n'est pas un pique-nique ordinaire !

— Mae a dit que tu aimais tout ce qui venait de France.

— C'est vrai. Mais je n'avais jamais fait de pique-nique au champagne.

— Il n'est jamais trop tard pour commencer.

Il prit la bouteille et alla l'enfoncer dans le sable humide.

— On va la laisser se rafraîchir un peu.

Revenant vers elle, il l'enlaça et l'embrassa longuement, passionnément.

— C'est une charmante façon de débuter un pique-nique..., commenta Charity quand elle eut recouvré son souffle.

— J'ai l'impression que je ne pourrai jamais me rassasier de toi.

— Tant mieux.

Lui prenant le visage entre ses mains, Roman plongea ses yeux dans les siens.

— Charity, j'ai quelque chose à te dire.

Quelque chose dans son intonation fit courir un frisson dans son dos. Il allait lui dire qu'il partait, songea-t-elle, affolée.

— Je n'ai pas été honnête avec toi. Il y a des choses que tu devrais savoir à mon sujet. J'aurais d'ailleurs dû t'en parler avant que notre relation aille aussi loin.

— Roman...

— Cela ne prendra pas longtemps.

S'écartant d'elle, il cala son dos contre un rocher et son regard se perdit vers le large.

— Je viens bien de Saint Louis, mais j'ai grandi dans un quartier un peu particulier. Drogue, prostitution, rixes entre bandes rivales... Un endroit qui n'a rien à voir avec ici.

Ainsi, elle avait enfin réussi à gagner sa confiance, pensa Charity avec soulagement. Elle ferait en sorte qu'il n'ait pas à le regretter.

— Peu importe l'endroit d'où tu viens, Roman. Ce qui compte, c'est ce que tu es aujourd'hui.

— Ce n'est pas toujours vrai. Une part de ton passé demeure toujours en toi.

Il posa brièvement la main sur la sienne puis s'écarta.

— Quand il était sobre, mon père conduisait un taxi et gagnait assez bien sa vie. Quand il ne l'était pas, il s'asseyait dans le salon et restait prostré, la tête dans les mains. L'un de mes premiers souvenirs est de me réveiller et d'entendre ma mère lui crier dessus. Tous les deux mois environ, elle menaçait de le quitter. Alors, il faisait un effort. Puis il retombait dans l'engrenage. Un jour, elle a arrêté de menacer et elle est partie.

— Où êtes-vous allés ?
— J'ai dit qu'elle était partie. Pas moi.
— Tu veux dire qu'elle ne t'a pas emmené avec elle ?
— Je suppose que c'était déjà assez difficile pour elle sans s'encombrer d'un gamin de dix ans.

Charity secoua la tête, luttant contre un profond sentiment d'écœurement. Il lui était impossible d'imaginer qu'une mère puisse abandonner son enfant.

— Elle devait nager en pleine confusion. Mais je suppose que...
— Je ne l'ai jamais revue, l'interrompit Roman. Il faut que tu comprennes que tout le monde n'est pas capable d'aimer inconditionnellement. Certaines personnes ne savent même pas aimer du tout.
— Oh, Roman...

Elle voulut l'attirer vers elle, mais il la repoussa avec douceur.

— Je suis resté trois ans avec mon père. Une nuit, il a vidé une bouteille de gin avant de monter dans son taxi. Il s'est tué avec son passager.
— Oh, mon Dieu !

Elle tendit la main, mais il secoua la tête.

— Je suis devenu pupille de l'Etat. Mais je ne voulais surtout pas aller en foyer. Alors, j'ai fugué et j'ai vécu dans la rue.

Elle écarquilla les yeux.

— A treize ans ?

— J'y ai passé une grande partie de ma vie.

— Mais comment ?

Il alluma une cigarette, puis rejeta une longue bouffée avec de continuer.

— J'ai fait des petits boulots par-ci par-là. J'ai volé quand je ne pouvais pas faire autrement. Et puis, avec le temps, j'ai sombré complètement dans la délinquance. Je cambriolais des maisons, volais des voitures, arrachais des sacs à des vieilles dames. Tu comprends ce que je te dis ?

— Oui. Tu étais seul et désespéré.

— J'étais un voyou. Bon sang, Charity, ne sois pas aussi indulgente... Je savais très bien ce que je faisais. Je l'avais choisi et ça me plaisait.

Elle soutint son regard, luttant contre l'envie de le prendre dans ses bras.

— Si tu attends de moi que je condamne un enfant malheureux pour avoir essayé de survivre, tu vas être déçu.

— Et si je te disais que je n'ai pas changé ? Que je vole toujours ?

— Je ne te croirais pas.

Il termina sa cigarette et envoya d'une pichenette le mégot dans l'eau avant de se décider à lui raconter la suite.

— J'étais à Chicago, et je venais d'avoir seize ans. On était en janvier, et il faisait un froid épouvantable. J'ai décidé d'aller en Floride, là où de riches touristes ont des portefeuilles bien garnis. Mais pour ça, il me fallait de l'argent. C'est là que j'ai rencontré John Brody. Je m'étais introduit dans son appartement, et je me suis retrouvé avec un .45 sous le nez. C'était un flic. Je ne sais pas qui de nous deux était le plus surpris. Contre toute attente, il a proposé de m'aider... et voilà.

— Ce devait sûrement être un homme extraordinaire.

— Il n'avait que vingt-cinq ans. Il avait grandi dans le même genre de quartier que moi, et il avait traîné un moment avec des gangs, jusqu'au jour où il avait eu envie de changer de vie. J'imagine que je lui rappelais le gamin qu'il avait été. Quand il s'est marié, deux ans plus tard, il a acheté une vieille maison en banlieue et nous l'avons retapée ensemble, pièce par pièce. Il avait la passion du bricolage. Nous étions en train de lui installer un atelier quand il a été tué en service. Il avait trente-deux ans et il laissait un fils de trois ans et une femme enceinte.

— Je suis désolée.

Elle se pencha vers lui et lui prit la main.

— Ça a détruit quelque chose en moi que je n'ai jamais pu retrouver, reprit-il, le regard perdu dans l'immensité du ciel.

— Je comprends ce que tu ressens, Roman.

Il voulut s'écarter, mais elle ne lâcha pas prise.

— Quand tu perds quelqu'un qui faisait tellement partie de ta vie, il te manque toujours quelque chose, ajouta-t-elle. Je pense à Pop tous les jours. Ça me remplit de tristesse et de colère parce qu'il y avait encore tellement de choses que je voulais vivre avec lui.

— Ce n'est pas la même chose. Regarde qui j'étais, d'où je viens.

— Et alors ? Moi, je ne sais même pas qui était mon père. Est-ce que je devrais en avoir honte ?

— Tu veux dire que mon passé ne compte vraiment pas pour toi ?

— Pas tellement. Je suis plus intéressée par celui que tu es aujourd'hui.

Il ne pouvait pas lui dire ce qu'il était devenu, songea Roman. Dans son intérêt, il devait continuer à lui mentir encore quelques jours.

Mais il y avait quelque chose qu'il pouvait lui dire.

Comme l'histoire qu'il venait de lui raconter, c'était quelque chose qu'il n'avait jamais dit à personne.

— Je t'aime.

La main de Charity se crispa sur la sienne, et ses yeux s'écarquillèrent.

— Tu peux... Tu peux répéter ?

— Je t'aime.

Avec un sanglot étouffé, elle se jeta dans ses bras.

Elle ne devait pas pleurer, se dit-elle en serrant fort les paupières pour refouler les larmes.

Elle ne voulait pas avoir le nez rouge et les

yeux gonflés alors qu'elle vivait le plus beau moment de sa vie.

— Tu ne voudrais pas me pincer ? murura-t-elle. Je n'arrive pas à croire à ce qui m'arrive.

— Moi non plus.

Finalement, cela n'avait pas été si difficile que cela, songea Roman. En fait, il pourrait très bien s'habituer à le répéter plusieurs fois par jour.

— Il y a une semaine, je ne te connaissais pas, dit Charity. Et aujourd'hui, je ne peux plus imaginer ma vie sans toi.

— Tu es sûre que tu ne changeras pas d'avis ?

— Il n'y a aucun risque.

— Tu me le promets ?

Envahi par un soudain sens de l'urgence, il s'agrippa à ses mains, les pressa fort.

— Je veux que tu me le promettes.

— D'accord. Je jure solennellement de ne pas changer d'avis.

— Je saurai m'en souvenir, tu sais.

Soudain, il lui prit le menton entre les mains, et plongea son regard dans le sien.

— Charity, veux-tu m'épouser ?

Elle sursauta.

— Quoi ? *Quoi ?*

— Je veux que tu deviennes ma femme. Maintenant. Aujourd'hui.

C'était de la folie et il le savait. C'était sans doute une erreur, mais c'était le seul moyen qu'il avait trouvé pour être sûr de la garder.

— Tu dois bien connaître quelqu'un, un pasteur, un juge de paix.

— Bien sûr, mais...

Elle porta une main à sa tête, comme saisie d'un vertige.

— Il faut des documents, une licence de mariage... Oh ! Seigneur, je n'arrive plus à penser.

— Ne réfléchis pas. Dis-moi seulement que tu acceptes.

— Bien sûr que j'accepte. Mais...

— Pas de mais.

Impatient, il écrasa ses lèvres sur les siennes.

— Je veux que tu m'appartiennes et... je veux aussi t'appartenir. Peux-tu croire une chose pareille ?

— Oui. Mais, es-tu sûr de vouloir t'engager aussi vite ?

Voyant qu'il s'apprêtait à protester, Charity lui caressa la joue.

— Attends, s'il te plaît... Nous parlons d'engagement pour la vie. Je suppose que tout le monde dit ça, mais j'ai besoin de savoir que ça va durer, et tu me prends vraiment au dépourvu. Je t'aime, je n'ai aucun doute là-dessus, et rien ne me rendrait plus heureuse que de devenir ta femme. Mais pas comme ça, pas à la va-vite. Ce n'est pas non plus que je veuille un grand mariage...

— Mais que veux-tu, alors ?

— Des fleurs, de la musique, des amis...

Elle lui prit le visage entre ses mains, anxieuse de lui faire comprendre.

— Je veux que tout le monde voie que je suis fière de devenir ta femme. Et si c'est trop romantique, tant pis.

— Combien de temps te faut-il ?

— Tu peux me laisser trois semaines ?

Roman aurait voulu lui donner trois jours.

Mais c'était aussi bien comme ça, reconnut-il. Jamais il ne pourrait la retenir s'il subsistait encore des mensonges entre eux.

— Je te donne deux semaines. A condition que tu acceptes de partir avec moi après.

— Où ça ?

— Tu le verras bien.

— J'adore les surprises.

Elle lui adressa un sourire mutin.

— Et tu es la plus belle surprise qui me soit jamais arrivée.

— Deux semaines, dit-il en lui prenant la main. Quoi qu'il arrive.

— A t'entendre, on croirait que nous allons devoir affronter entre-temps une catastrophe naturelle.

Elle lui embrassa tendrement le bout du nez puis poursuivit :

— Tout va bien se passer, Roman. Pour tous les deux. Et maintenant, je crois qu'il est temps d'ouvrir cette bouteille de champagne.

Elle prit les gobelets en plastique tandis qu'il allait déterrer la bouteille.

— Aux nouveaux départs, dit-elle quand ils furent servis.

— Je te rendrai heureuse, Charity.

— C'est déjà fait, dit-elle en se blottissant dans ses bras et en posant la tête sur son épaule. C'est le meilleur pique-nique que j'aie jamais fait.

Il lui embrassa le dessus du crâne.

— Tu n'as encore rien mangé.

— Qui a besoin de nourriture ?

S'efforçant de dissiper la boule d'émotion qui

lui nouait la gorge, Roman lui saisit la main et ils regardèrent tous deux vers l'horizon tandis qu'un soleil radieux baignait l'île déserte et silencieuse.

10

La journée du mardi fut particulièrement chaotique, et Charity frôla la crise de nerfs.

D'habitude, elle était ravie d'avoir de l'animation autour d'elle et de répondre aux demandes incessantes des clients. Il lui était en effet difficile de se concentrer sur son travail quand son esprit débordait de projets pour son mariage, et aujourd'hui, elle aurait aimé avoir un peu de tranquillité.

Devait-elle choisir Chopin ou Beethoven pour la cérémonie ?

Ferait-il assez beau pour organiser la fête dans le jardin ?

Ou bien, valait-il mieux organiser une réception intime et confortable dans le salon de l'auberge ?

Quand pourrait-elle se libérer pour aller choisir

sa robe ? C'était important. Elle ne voulait pas se tromper. Il lui fallait la robe idéale. Parfaite. Elle serait longue, forcément. Avec un peu de dentelle... Il y avait une boutique à Eastsound spécialisée dans les vêtements anciens. Si elle pouvait seulement...

— Vous ne signez pas ?
— Désolée, Roger.

Revenant à la réalité, elle lui adressa un sourire contrit.

— Je crois que je suis un peu ailleurs, ce matin.
— Ce n'est rien.

Il lui tapota la main tandis qu'elle signait son bordereau.

— Ça doit être le printemps, dit-il avec un clin d'œil entendu.
— Sûrement.

Elle rejeta ses cheveux en arrière, agacée de ne pas avoir pensé à les attacher. Depuis que Roman lui avait demandé de l'épouser, c'était tout juste si elle se rappelait son propre nom.

— Nous avons quelques problèmes avec l'informatique, aujourd'hui, dit-elle. Ce pauvre Bob est en train de se battre avec l'ordinateur.

— On dirait que vous aussi vous vous êtes battue.

Elle porta une main à sa tempe.

— Ce n'est rien. J'ai eu un petit accident la semaine dernière.

— Rien de grave ?

— Non. Une histoire stupide, vraiment. Un chauffard a failli me renverser.

— Mais c'est affreux ! s'exclama-t-il, l'enveloppant d'un regard soucieux. Vous n'avez pas été blessée ?

— Non, j'ai eu de la chance de m'en tirer avec quelques bleus.

— Eh bien, quelle histoire... On ne s'attendrait pas à voir ça par ici. J'espère qu'il a été arrêté.

— Non, pas encore.

Tout cela était derrière elle maintenant, et à vrai dire, elle n'y accordait plus d'importance.

— Vous savez, je doute qu'on le retrouve un jour. Il a dû quitter l'île depuis longtemps.

— Je comprends que vous soyez un peu distraite après une histoire pareille.

— En fait, j'ai une raison beaucoup plus plaisante d'avoir la tête ailleurs. Je me marie dans deux semaines.

Un large sourire illumina le visage de Block.

— Ah oui ? Qui est l'heureux élu ?

— Roman Dewinter. Je ne sais pas si vous l'avez rencontré. C'est lui qui refait l'étage.

— Ah, très bien... Et il est du coin ?

— Non, de Saint Louis.

— J'espère qu'il ne va pas vous arracher à nous.

— Vous savez bien que je ne quitterai jamais l'auberge, Roger.

La bonne humeur de Charity se ternit quelque peu. C'était quelque chose dont elle n'avait jamais discuté avec Roman.

A cet instant, la porte s'ouvrit, et elle jeta un coup d'œil par-dessus l'épaule de Roger.

Un homme grand et mince venait d'entrer. Les cheveux châtains bien coupés, vêtu d'un polo bleu marine et d'un pantalon beige, il tenait une petite valise de cuir à la main.

— Richard Conby, dit-il en s'approchant du comptoir de l'accueil. J'ai réservé.

— Certainement, monsieur Conby. Nous vous attendions.

Charity fouilla dans les papiers qui encombraient le bureau et pria pour que Bob trouve rapidement la panne. C'était un véritable calvaire de gérer les réservations manuellement.

— Vous avez fait bon voyage ?

— Excellent, merci...

Il signa le registre et Charity constata avec amusement qu'il avait les mains soigneusement manucurées.

— On m'a dit que votre auberge était un havre de paix, reprit-il, et je souhaite justement me reposer un jour ou deux.

— Je suis certaine que vous ne serez pas déçu, dit Charity en décrochant une clé du tableau. Je vais vous montrer votre chambre. Si vous avez des questions à me poser à propos de l'auberge ou de l'île, n'hésitez pas.

— Oh, mais j'en ai bien l'intention, répondit Conby, tandis qu'elle le précédait vers l'escalier.

A 12 h 05 précises, Conby entendit un coup sec et ouvrit la porte.

— Toujours ponctuel, Dewinter... Je vois qu'on s'occupe, ajouta-t-il, en observant d'un œil ironique la ceinture garnie d'outils qu'il portait sur les hanches.

— Dupont est dans le chalet n° 3.

Conby décida d'abandonner le sarcasme.

C'était un très gros coup. Beaucoup trop gros pour qu'il laisse ses sentiments personnels interférer. Il ne supportait plus les méthodes de Dewinter, qu'il jugeait trop violentes, et encore moins son arrogance. Le problème, c'était qu'il obtenait toujours d'excellents résultats.

— Vous l'avez formellement identifié ?

— Affirmatif.

— Bien. Nous interviendrons jeudi comme convenu.

Satisfait, Conby finit de disposer sur la commode sa brosse à vêtements à poignée d'ébène et son chausse-pied en corne.

— Et le chauffard ?

Conby se dirigea vers la salle de bains pour se laver les mains.

— Ces détails mineurs ne me passionnent guère.

— Moi, si. Il a avoué ?

En soupirant, Conby déplia une serviette blanche, bordée d'un liseré rouge. Il l'étendit sur le rebord du lavabo après s'être séché les mains, puis il regagna la chambre.

— Oui. Il a admis que Block l'avait payé

cinq mille dollars pour éliminer Mlle Ford. Une somme bien modique pour un assassinat.

— Vous pouvez coincer Block pour conspiration de meurtre. Quant à Dupont, son cas est déjà réglé. Pourquoi attendre ?

— Dois-je vous rappeler qui dirige l'affaire ?

— Je le sais bien. Mais il y a une différence entre être assis derrière un bureau, et aller au casse-pipe. Si nous les arrêtons maintenant, dans le calme, il y aura moins de risques de mettre en danger des innocents.

— Je n'ai pas l'intention de mettre qui que ce soit en danger, répondit Conby en pensant savoir à quoi songeait Dewinter. J'ai des ordres moi aussi, exactement comme vous.

Il prit un mouchoir propre dans sa valise.

— Et puisque ça a l'air d'être aussi important pour vous de tout savoir, nous voulons arrêter Block au moment où il échangera l'argent. Nous travaillons avec les autorités canadiennes sur cette affaire, et c'est ainsi que nous devons procéder. Et en ce qui concerne la complicité de meurtre, nous n'avons que les aveux d'un homme de main. Ce n'est pas suffisant.

— Combien d'hommes avons-nous ?

— Deux agents vont arriver demain, et deux autres, jeudi. Nous prendrons Dupont dans son chalet, et Block dans le hall. Tenter quelque chose avec Dupont plus tôt alerterait obligatoirement Block. D'accord ?
— Oui.
— Tout devrait se passer en douceur.
— Vous avez intérêt... S'il arrive quoi que ce soit à Charity, je vous tiendrai pour responsable.

Charity entra dans la cuisine avec un plateau chargé de vaisselle sale.
— Je ne comprends pas comment nous pouvons avoir autant de monde un mercredi soir...
Elle ouvrit son carnet et reprit :
— A suivre, deux menus spéciaux avec riz sauvage, un avec des pommes de terre rôties, sans crème. Un menu enfant côtelettes et frites.
Puis elle se précipita vers le réfrigérateur pour prendre elle-même les boissons.
— Du calme, petite..., dit Mae. Ils ne vont pas s'envoler avant d'avoir mangé.
— C'est bien le problème. Lori a vraiment mal choisi son moment pour tomber malade. Avec

ce virus qui traîne, nous avons de la chance d'avoir encore une serveuse sur ses pieds.

Son plateau chargé, elle reculait quand elle faillit percuter Roman.

— Oh ! Excuse-moi.
— Besoin d'aide ?
— Plutôt deux fois qu'une.

Elle lui sourit et prit le temps de se pencher au-dessus du plateau pour l'embrasser.

— Tu veux bien porter à la table 5 les salades que Dolores est en train de préparer ?

Mae, qui vidait une truite, leva la tête juste un instant pour croiser le regard de Roman.

— Cette petite me fatigue rien qu'à la regarder. J'ai l'impression qu'elle est partout à la fois.

— Et voilà les salades, annonça Dolores.

Elle tendit le plateau à Roman en fredonnant la marche nuptiale.

— On dirait que vous n'avez pas eu besoin de dynamite, finalement, remarqua-t-elle à mi-voix en souriant malicieusement.

Cinq minutes plus tard, Roman allait franchir la porte de la salle à manger quand Charity revint.

— Drôles de clients, ce soir, murmura-t-elle.

— Comment ça ?

— Le type à la table 2 est tellement nerveux qu'on croirait qu'il va cambrioler une banque. Et le couple de la table 8, qui est supposé faire un second voyage de noces, passe plus de temps à regarder autour d'eux qu'à se parler.

Roman ne dit rien, mais n'en fut pas moins admiratif. Elle avait repéré Dupont et deux des agents de Conby en moins de trente minutes.

— Et puis, il y a cet homme étrange en costume cravate. Il a dit qu'il était venu ici pour se reposer. Mais qui peut avoir envie de se reposer en costume ?

Changeant de position, elle cala le plateau sur sa hanche.

— De plus, il prétend venir de Seattle, et il a un accent de l'Est qui pourrait couper la tarte aux pommes de Mae. Pour moi, c'est un escroc.

— Tu crois ?

Roman s'autorisa un sourire devant cette description de Conby.

— Tu n'as qu'à aller voir toi-même. J'ai horreur

des gens mielleux comme lui, ajouta-t-elle en mimant un frisson de dégoût.

Mais elle ne pouvait négliger ses devoirs, et, justement, l'homme lui faisait signe.

— Avez-vous choisi ? demanda-t-elle avec un grand sourire.

Conby termina son verre de martini, qu'il jugeait tout juste acceptable.

— Vous avez noté « truite fraîche » sur le menu...

— Bien sûr !

— Elle l'était sans doute quand elle vous a été expédiée ce matin.

— Nous les élevons ici, à l'auberge.

C'était d'ailleurs une des grandes fiertés de Charity, qui en avait eu l'idée.

— Admettons... J'espère qu'elle sera supérieure à votre martini. Quoi qu'il en soit, c'est à peu près la seule chose qui me tente sur ce menu. Je suppose qu'il me faudra m'en contenter.

Avec un calme qu'elle considérait admirable, Charity sourit et répéta :

— Le poisson est parfaitement frais.

— Pour vous, c'est possible. Mais je doute que nous ayons la même conception de la fraîcheur.

— C'est tout à fait possible. Excusez-moi un instant.

Elle était peut-être innocente, se dit Conby en considérant avec morosité son verre vide, mais elle n'était pas très efficace.

— Que se passe-t-il ? demanda Mae, en voyant Charity faire irruption dans la cuisine.
— Je n'en peux plus ! Ce grossier personnage prétend que notre martini est mauvais, notre menu médiocre, et notre poisson pas frais.
— Médiocre, mon menu ? Qu'a-t-il mangé ?
— Rien pour le moment, à part des canapés au saumon.
— Le type de la 4 veut un autre martini, annonça Roman en entrant avec un plateau lourdement chargé.
— Vraiment ? Monsieur veut un autre martini ?
— Euh... Oui, répondit Roman, surpris par la lueur de rage qui faisait étinceler le regard de Charity.
— Eh bien, moi, j'ai autre chose à lui donner, rétorqua-t-elle avant de se ruer dans le cellier.
— Oh là là..., gémit Dolores.

— J'ai manqué quelque chose ? demanda Roman.

— Ce type a eu le toupet de lui dire que la nourriture était médiocre avant même de la goûter.

Puis tous tournèrent la tête lorsque Charity réapparut en tenant une truite par la queue.

— Oh ! mon Dieu..., dit Dolores, en se couvrant la bouche à deux mains.

Avec un sourire, Mae retourna à son fourneau.

— Charity...

Roman essaya de lui prendre le bras, mais elle fut plus rapide que lui et lui échappa.

Avec un soupir, il la suivit vers la salle.

Quelques clients relevèrent la tête et, l'air surpris, la regardèrent marcher au pas de charge vers la table 4.

— Votre truite, monsieur..., dit-elle en l'agitant sous le nez de Conby.

Puis elle la laissa tomber sur son assiette et demanda avec un sourire poli :

— Est-elle assez fraîche pour vous ?

Les mains dans ses poches, Roman quitta l'embrasure de la porte en ricanant. Il aurait bien donné un mois de salaire pour prendre en photo la tête de Conby.

Lorsqu'elle regagna la cuisine, Charity tendit l'assiette et son contenu à Dolores.

— Vous pouvez la remettre au frais. La table 4 va prendre des côtelettes de porc. Dommage que je n'aie pas un cochon sous la main.

Elle laissa échapper un rire nerveux tandis que Roman la serrait dans ses bras pour l'embrasser.

— Tu es la meilleure, dit-il. N'est-ce pas, Mae ?

— Elle a ses bons moments. Et maintenant, arrêtez de vous bécoter et remettez-vous au travail.

Parce qu'elle n'était pas du genre rancunier, Charity traita Conby avec professionnalisme et courtoisie. Voyant qu'il n'avait pas pris de dessert, elle lui apporta une portion de forêt-noire sur le compte de la maison.

— J'espère que le repas vous a plu, monsieur Conby.

Refusant d'admettre qu'il avait rarement aussi

bien dîné, il esquissa une grimace qui pouvait passer pour un sourire.

— Ce n'était pas trop mal.

— Peut-être aurez-vous l'occasion de revenir pour goûter la truite, dit-elle avec un sourire en lui servant son café.

Même pour Conby, il était difficile de résister à son sourire.

— Peut-être. Vous dirigez un établissement intéressant, mademoiselle Ford.

— Je fais de mon mieux. Vous vivez à Seattle depuis longtemps ?

— Pourquoi cette question ?

— A cause de votre accent. Il est typiquement de l'Est.

Conby hésita à peine quelques secondes. Il savait que Dupont avait quitté la salle, mais Block n'était pas loin, divertissant son groupe avec des anecdotes que, pour sa part, il trouvait plutôt ennuyeuses.

— Vous avez une bonne oreille. En fait, j'ai été muté à Seattle, il y a dix-huit mois. Je viens du Maryland, et je travaille dans le marketing.

— Le Maryland ? Il paraît que vous avez les meilleurs crabes du pays, là-bas.

Adouci par le café et le délicieux gâteau

au chocolat, il daigna esquisser un nouveau sourire.

— C'est vrai. Il est dommage que je n'aie pas pensé à en emporter un avec moi.

Amusée, Charity posa amicalement une main sur son bras.

— Vous êtes beau joueur, monsieur Conby. Profitez bien de votre séjour.

Les lèvres pincées, Conby la regarda s'éloigner.

Il ne se souvenait pas qu'on l'ait jamais traité de beau joueur.

A la réflexion, ce n'était pas désagréable.

— Je meurs de faim, annonça Charity en entrant dans la cuisine.

Comme elle se dirigeait vers le réfrigérateur, Mae s'interposa.

— Vous n'avez pas le temps.

— Comment ça ? Avec cette soirée de fou, je n'ai encore rien eu le temps d'avaler.

— Je vais vous préparer un sandwich, mais vous avez eu un appel. Quelque chose au sujet de la livraison de demain.

— Flûte ! Le saumon. C'est sans doute fermé,

maintenant, ajouta-t-elle après avoir consulté sa montre.

— Ils ont laissé un numéro d'urgence où vous pourrez les joindre. Le message est là-haut.

— D'accord. Je reviens dans dix minutes. En attendant, vous pouvez me préparer deux sandwichs ? J'ai vraiment une faim de loup.

Pour gagner du temps, elle traversa le cellier, longea le bâtiment et emprunta l'escalier extérieur.

Quand elle ouvrit la porte, elle resta sans voix.

De la musique jouait en sourdine. Il y avait des bougies et des fleurs blanches dans toute la chambre et une table pour deux était dressée au pied du lit.

En la voyant entrer, Roman sortit la bouteille de champagne du seau à glace et l'ouvrit.

— Je croyais que tu ne monterais jamais.

Elle referma la porte et s'appuya contre le battant.

— Si j'avais su que tout cela m'attendait, je serais venue plus vite.

— Tu as dit que tu aimais les surprises.

— C'est vrai. Je les aime beaucoup.

Otant son tablier, elle s'avança vers la table,

un sourire émerveillé aux lèvres, tandis qu'il versait le champagne.

— Merci, murmura-t-elle quand il lui tendit une flûte en cristal.

— Je voulais t'offrir quelque chose, dit-il, en essayant de ne pas penser que c'était peut-être leur dernière nuit ensemble. Mais je ne suis pas très doué pour les trucs romantiques.

— Au contraire, tu es parfait. Pique-nique au champagne, dîner aux chandelles avec Mozart ...

Il se dirigea vers la table de nuit et ouvrit le tiroir.

— J'ai autre chose pour toi.
— Encore ?
— Oui. C'est arrivé aujourd'hui.

Il lui prit la main et déposa un écrin dans sa paume.

— Un cadeau ? dit-elle en soulevant le couvercle. Oh, Roman, c'est magnifique...

Elle souleva le bracelet et admira le jeu de lumière sur les rubis.

— J'ai l'impression de l'avoir déjà vu quelque part. Ah oui, c'était dans un des catalogues que Lori m'a prêtés.

— Tu l'avais coché.

Submergée de bonheur, elle hocha la tête.

— Oui, je fais souvent cela avec les belles choses que je ne pourrai jamais m'acheter. Roman, c'est vraiment adorable, mais...

— Chut... Ne dis rien.

Il lui prit le bracelet et le fixa à son poignet.

— Je n'ai pas l'habitude, dit-il après avoir bataillé un moment avec le fermoir.

Elle passa les bras autour de lui et l'étreignit, la joue posée contre son torse.

— Je trouve que tu te débrouilles très bien.

Il la berça un moment dans ses bras, laissant l'émotion l'envahir. Les choses pouvaient être différentes avec elle. Il pouvait être différent.

— Sais-tu quand je suis tombée amoureuse de toi, Roman ?

— Non. Je me suis surtout posé la question de savoir pour quelle raison... Le moment n'avait pas vraiment d'importance.

Avec un petit rire, elle se blottit plus étroitement contre lui.

— Tu te rappelles quand nous avons dansé ensemble, et que tu m'as embrassée jusqu'à ce que je sente mon corps fondre comme neige au soleil ?

— Comme ça ? demanda-t-il avant de prendre ses lèvres pour un long baiser passionné.

Quand il la libéra, elle poussa un soupir heureux et, les yeux fermés, se blottit de nouveau contre lui.

— Oui, exactement comme ça. Mais ce n'est pas à ce moment-là que je suis tombée amoureuse. C'est le moment où je m'en suis rendu compte. Tu te souviens du pneu crevé ?

Elle rejeta la tête en arrière pour étudier son visage et rit de sa surprise.

— Je crois que c'est ce qu'on peut appeler un coup de foudre. Je regardais tes mains en train de fixer la roue... et voilà !

Il lui caressa doucement le visage puis passa les doigts dans ses cheveux soyeux.

— Ça s'est fait comme ça ?
— Eh oui ! Il a suffi d'une crevaison.

Une crevaison qui avait été arrangée par leurs soins, se rappela Roman, tout comme le départ de George. Rien dans leur rencontre n'était dû au hasard.

Il aurait tout donné pour pouvoir lui dire la vérité, mais il savait que la laisser dans l'ignorance était la meilleure façon d'assurer sa sécurité.

— Charity... Je ne m'attendais pas à ce que

ça arrive, tu sais. Je ne croyais pas que j'éprouverais un jour cela pour quelqu'un.

— Tu regrettes ?

— Je regrette beaucoup de choses, mais pas d'être tombé amoureux de toi.

Il la relâcha.

— Ton dîner refroidit, mon cœur.

— Je ne suis plus très sûre d'avoir faim.

Lentement, elle commença à défaire les boutons de sa chemise, caressant des lèvres puis embrassant le torse musclé qu'elle dévoilait peu à peu.

Il la désirait depuis toujours.

Roman venait de comprendre qu'il l'avait toujours attendue, même avant de la connaître. Aussi avait-il voulu faire de cette soirée un événement spécial, quelque chose dont elle se souviendrait toujours. Il avait donc tout préparé avec soin, le champagne, les bougies, la musique, désireux de lui montrer combien il était devenu romantique grâce à elle.

Et puis il y avait eu le contact de ses doigts sur sa peau, la lueur de désir dans ses yeux bleus si rieurs l'instant d'avant, et il avait compris qu'il ne leur restait plus que cette nuit.

Dans quelques heures, elle saurait tout.

Il avait beau se répéter qu'il avait fait les choses dans les règles, qu'il n'avait pas d'autre choix, il craignait qu'elle ne lui pardonne jamais. Mais il lui restait cette nuit.

Electrisée, Charity s'accrocha à lui tandis qu'ils roulaient sur le lit.

La violence et la passion qu'elle avait devinées chez lui existaient bel et bien. Et cela l'excitait dangereusement, l'incitant à plus d'ardeur et de passion, elle aussi. Tout en laissant courir ses lèvres de son cou, où palpitait follement une petite veine, jusqu'à son ventre musclé, elle défit la boucle de son ceinturon, et acheva de lui déboutonner son jean.

Ivre de désir, Roman immobilisa les doigts qui le torturaient si subtilement, renversa Charity sous lui et, glissant la main dans le décolleté de son chemisier, le déchira d'un geste brutal, faisant voler les boutons.

Il étouffa son cri de protestation de sa bouche et lui souleva sa jupe pour faire glisser le dernier et fragile rempart de dentelle le long des jambes fuselées.

Cramponnée à ses épaules, elle cria son nom, le supplia de venir en elle. Une invite dont Roman n'avait pas besoin.

Aiguillonnés par l'amour, aussi affamés, aussi insatiables l'un que l'autre, ils se laissèrent entraîner au rythme frénétique de leur passion jusqu'à atteindre ensemble l'apogée de la volupté.

11

Les yeux mi-clos, Charity laissa échapper un long soupir paresseux.

— C'était merveilleux...

— Tu parles du repas, ou du reste ?

— Des deux, dit-elle en souriant.

Puis elle lui effleura tendrement la main qu'il avait posée sur la table et ce simple contact suffit à faire renaître en un instant le désir de Roman.

— Je crois que nous devrons renouveler souvent l'expérience...

Il était plus de minuit. Le poisson était froid, le champagne tiède, mais l'amour suffisait à faire de ce repas un festin, songea Roman. Et il espérait qu'il en serait longtemps ainsi entre eux.

— La première fois que tu m'as regardé

comme ça, mon cœur a failli s'arrêter de battre, dit-il.

— Comme quoi ?

— Comme si tu savais exactement ce que je pensais et ce que je me refusais à penser. Ce que je voulais, et ce que je m'interdisais de vouloir. Ça m'a terrifié.

— Vraiment ?

— Tout est tellement différent avec toi... Tu as apporté un tel bouleversement dans ma vie.

Il lui prit les mains, rêvant d'être capable pour une fois de s'exprimer avec poésie.

— Chaque fois que tu entres dans une pièce...

Il chercha les mots, ne les trouva pas, et conclut :

— Ça me bouleverse.

Charity entrelaçait ses doigts aux siens quand il poursuivit :

— Je suis fou de toi. Si j'avais rêvé de la femme idéale pour partager ma vie, ma maison, et mes rêves, cela aurait été toi.

Charity discerna une lueur d'inquiétude dans ses yeux et s'employa à la chasser en portant ses doigts à sa bouche et en les caressant de la langue.

Ce soir, il n'y avait pas de place pour l'inquiétude.

— Tu sais de quoi j'ai envie, Roman ?

— Encore un peu de forêt-noire ?

— Pas exactement.

Elle lui sourit au-dessus de leurs mains jointes.

— J'aimerais passer le reste de la nuit à faire l'amour avec toi, discuter, et écouter de la musique. Quelque chose me dit que je trouverais cela beaucoup plus amusant que les soirées pyjamas que j'organisais avec mes amies.

— Par quoi aimerais-tu commencer ?

Elle se mit à rire, enchantée de le voir séduit, si détendu et si heureux.

— En fait, il y a quelque chose dont j'aimerais parler avec toi.

— Je te l'ai déjà dit, je veux bien mettre un costume, mais tu ne me feras jamais porter de smoking.

— Il ne s'agit pas de cela. Même si je suis certaine que tu serais époustouflant en smoking, je pense qu'un costume sera plus adapté à une cérémonie informelle dans le jardin.

Elle sourit et fit courir un index sur le dos de sa main.

— Ce que je voudrais, c'est que nous parlions de ce qui va se passer après le mariage.

— Il n'est pas question de négocier. J'ai l'intention de te faire l'amour pendant vingt-quatre heures pendant une semaine.

Elle but une gorgée de champagne tout en faisant mine de réfléchir.

— Je crois que je pourrai m'y faire... Mais j'avais des vues à plus long terme. C'est à propos d'une remarque de Block, l'autre jour.

Roman se redressa, les sourcils froncés.

— Block ?

— C'était juste une réflexion anodine, mais ça m'a fait réfléchir. Il a dit qu'il espérait que tu ne m'emmènerais pas loin d'Orcas. Et, tout à coup, j'ai pensé que tu n'avais peut-être pas envie de passer toute ta vie ici.

— Et c'est tout ? demanda-t-il d'un ton où elle crut déceler un certain soulagement.

— Ce n'est pas rien. Je sais que nous trouverons une solution, mais il se peut que tu ne sois pas très enthousiaste à l'idée de vivre dans un endroit... Comment dire... Où la vie privée est une notion qui n'existe pas... En fait, je voudrais savoir ce que tu penses de l'idée de vivre sur cette île et à l'auberge.

— Et toi, qu'en penses-tu ?

— Ce n'est pas ce que je pense moi qui compte, mais ce que nous pensons tous les deux.

— Cela faisait longtemps que je ne m'étais pas senti chez moi quelque part. C'est le cas ici, avec toi.

Elle sourit et entrelaça de nouveau ses doigts aux siens.

— Tu es fatigué ?

— Non.

— Tant mieux, dit-elle en se levant. Laisse-moi seulement le temps de prendre mes clés.

— Les clés de quoi ?

— De la camionnette, répondit-elle tout en allant dans l'autre pièce.

— Nous allons quelque part ?

— Je connais un endroit extraordinaire pour voir le soleil se lever.

Elle revint en tenant une couverture sous le bras et en agitant ses clés.

— Tu veux venir avec moi ?

— Tu es en peignoir.

— Bien sûr... Il est presque 2 heures du matin.

Avec un sourire, elle ouvrit la porte du balcon et commença à descendre l'escalier.

— Essayons de ne réveiller personne, murmura-t-elle.

Une grimace et un petit gémissement lui échappèrent lorsqu'elle posa ses pieds nus sur la zone gravillonnée. Aussitôt, Roman la souleva dans ses bras.

— Mon héros..., murmura-t-elle.

— Tout à fait, dit-il en la déposant sur le siège conducteur. Où allons-nous ?

— A la plage.

Quand elle mit le contact, un orchestre symphonique rugit dans l'autoradio avant qu'elle ne tourne le bouton du son.

— J'écoute toujours la musique très fort quand je suis seule, expliqua-t-elle.

Quittant le parking, elle rejoignit la route, non sans jeter un regard à l'auberge dans son rétroviseur.

— C'est une belle nuit, remarqua-t-elle en prenant une longue et vivifiante bouffée d'air.

— Un matin, plutôt.

— Peu importe... Je n'ai jamais eu le temps pour les grandes aventures, ce qui explique que j'aie envie de saisir toutes les petites qui se présentent. Comme faire l'amour sous les étoiles et regarder le soleil se lever... Le programme te convient ?

— Je crois que je pourrai m'en accommoder.

Le jour se levait quand Charity, comblée, s'étira dans les bras de Roman.

— Je vais être bonne à rien, aujourd'hui. Et ça m'est complètement égal..., ajouta-t-elle avec un petit rire de gorge tout en se frottant le nez dans son cou.

Il remonta la couverture sur ses épaules. Cette longue nuit d'amour lui avait redonné de l'espoir. S'il pouvait la convaincre de se reposer toute la matinée, cela lui permettrait de mener à bien sa mission tout en la protégeant.

Après, il lui faudrait s'expliquer. Mais il n'avait pas envie d'y penser maintenant.

Dans un silence chargé d'émotion et de complicité, ils regardèrent les étoiles s'éteindre peu à peu dans le firmament qui blanchissait. Les oiseaux de nuit s'étaient tus et le temps semblait comme suspendu quand, lentement, à l'horizon, le ciel se mit à flamboyer au-dessus de l'eau qui étincelait de mille reflets.

Alors que les ombres se dissipaient et que les

arbres semblaient saupoudrés d'or, Roman fit encore une fois l'amour à Charity, lentement, tendrement, dans la merveilleuse lumière du matin.

Pour le retour, Roman prit le volant alors que Charity somnolait. Il faisait complètement jour à présent, mais l'auberge était aussi calme qu'ils l'avaient laissée quelques heures plus tôt.

Quand il prit la jeune femme dans ses bras, elle soupira et nicha le visage au creux de son épaule.

— Je t'aime, Roman, dit-elle d'une voix ensommeillée.

— Je sais.

Pour la toute première fois de sa vie, il avait envie de penser à la semaine prochaine, au mois prochain, et même à l'année prochaine — à tout sauf à la journée qui allait suivre.

— Moi aussi, je t'aime, Charity, dit-il en la portant jusqu'à sa chambre où il n'eut aucun mal à la convaincre de se glisser entre les draps froissés et de dormir quelques heures.

L'arrestation de Dupont se déroula sans la moindre complication.

A 7 h 45, les hommes du FBI, secondés des meilleures recrues du shérif Royce, encerclèrent le chalet.

Lorsque les troupes furent en position, Roman se dirigea lui-même vers la porte. L'arme à la main, une épaule en appui contre l'encadrement, il frappa deux fois. N'obtenant pas de réponse il fit signe à ses hommes de se rapprocher puis, utilisant la clé qu'il avait prise sur le trousseau de Charity, il ouvrit.

Une fois à l'intérieur, il balaya rapidement la pièce du regard, les jambes écartées, tenant fermement à deux mains son revolver pointé devant lui.

Ne voyant personne, il s'approcha avec précaution de la chambre, couvert par son équipe, et un sourire se forma sur ses lèvres.

Dupont était sous la douche. Et il chantait.

La chanson s'arrêta net lorsque Roman écarta le rideau.

— Inutile de lever les mains, dit-il en tendant une serviette à Dupont. Sors de là que je te lise tes droits.

— Bien joué, commenta Conby une fois que le prisonnier fut menotté. Si vous gérez la suite aussi calmement, je veillerai à ce que vous ayez une promotion.

— Ce n'est pas la peine, répondit Roman en rengainant son arme. Quand ce sera fini, vous aurez ma démission.

Il lui restait encore une étape avant de pouvoir définitivement tirer un trait sur son passé.

— Vous faites ce métier depuis des années, Dewinter. On ne le quitte pas comme ça.

— Combien vous pariez ?

Puis il se dirigea vers l'auberge, pressé d'en finir.

Lorsque Charity se réveilla, un soleil éblouissant inondait la chambre de lumière et elle était seule.

L'esprit confus, elle s'arracha à la tiédeur du lit, et sentit une vive douleur lui transpercer la tête. Elle n'avait pas l'habitude de boire autant de champagne, ni de dormir aussi longtemps.

Elle était la seule à blâmer, admit-elle tandis qu'elle se prenait les pieds dans ce qu'il restait du chemisier qu'elle avait porté la veille.

Cela en valait la peine, songea-t-elle en ramassant le vêtement déchiré. Vraiment la peine.

Mais, pour incroyable qu'elle ait été, la nuit était terminée, et le travail l'attendait. Aussi avala-t-elle deux cachets d'aspirine en pestant contre sa migraine puis elle se glissa sous la douche.

Roman trouva Bob retranché dans le bureau, buvant fiévreusement de grandes gorgées de café coupé de whisky.

Sans préambule, il lui arracha la tasse des mains et alla jeter le contenu par la fenêtre.

— J'avais seulement besoin d'un petit quelque chose pour m'aider à tenir, gémit Bob.

Il avait la voix traînante et le regard vaseux. Même en faisant un effort, Roman avait le plus grand mal à éprouver de la sympathie pour un ivrogne.

Le tenant par le devant de la chemise, il le fit se lever.

— Vous allez vous reprendre, et vite. Lorsque Block descendra, vous vous occuperez du départ de son groupe comme d'habitude. Si vous faites le moindre signe pour le prévenir, vous allez le regretter, croyez-moi.

— C'est Charity qui s'occupe de la caisse.

— Pas aujourd'hui. Vous allez prendre sa place à la réception et faire le nécessaire.

Il s'écarta vivement de Bob au moment où la porte s'ouvrait.

— Désolée, je suis en retard.

Malgré ses yeux cernés de fatigue, Charity rayonnait.

— J'ai trop dormi…, dit-elle, tout en adressant un sourire en coin à Roman.

Ce dernier sentit son estomac se nouer.

— Au contraire, répliqua-t-il. Tu n'as pas assez dormi.

— A qui la faute ?

Le sourire de Charity s'évanouit quand elle remarqua l'expression hébétée de Bob.

— Quelque chose ne va pas ?

Bob s'empressa de saisir la perche qu'elle lui tendait.

— J'étais en train de dire à Roman que je ne me sentais pas bien du tout.

— C'est vrai que vous avez mauvaise mine.

Elle traversa la pièce pour lui poser une main sur le front.

— Vous avez très chaud... C'est sûrement ce virus qui a encore fait des ravages.

— J'en ai bien peur.

— Vous n'auriez pas dû venir aujourd'hui. Peut-être Roman pourrait-il vous reconduire chez vous.

Ce dernier adressa un regard d'avertissement à Bob, qui comprit aussitôt.

— Non, ça va aller.

Il avança vers la porte d'une démarche flageolante. La main sur la poignée, il jeta un dernier regard à Charity par-dessus son épaule.

— Je suis désolé, Charity. Vraiment désolé...

— Ne dites pas de bêtises, et prenez plutôt soin de vous.

— Je vais l'aider, marmonna Roman, en lui emboîtant le pas.

Les deux hommes s'avancèrent dans le hall au moment où Block y entrait.

— Bonjour ! dit-il, affichant son habituel sourire jovial, mais le regard inquiet. Quelque chose ne va pas ?

— C'est ce virus..., gémit Bob. Ça m'a pris ce matin.

Son visage avait pris une étrange coloration

verdâtre qui rendait son mensonge des plus convaincant.

— J'ai appelé le Dr Mertens, annonça Charity en sortant du bureau. Rentrez chez vous, Bob. Il vous rejoint là-bas.

— Merci.

Mais un des agents de Conby le suivit et Bob comprit qu'il ne retournerait pas chez lui avant longtemps.

— Ce virus est une vraie catastrophe, remarqua Charity. Il me manquait déjà une femme de ménage, une serveuse, et maintenant Bob. J'espère que personne de votre groupe n'a eu à se plaindre du service.

L'air rassuré, Block posa sa mallette sur le comptoir.

— Pas du tout. C'est toujours un plaisir de travailler avec vous, Charity.

Roman rongeait son frein tandis qu'ils se livraient au traditionnel contrôle de la facturation. Charity aurait dû se trouver en sécurité à l'étage, dormant profondément et rêvant de la nuit qu'ils avaient passée ensemble.

Maintenant, quoi qu'il fasse, elle se trouverait prise au milieu, songea-t-il, serrant et desserrant les poings de frustration.

Il l'entendit rire tandis que Block faisait allusion à la truite qu'elle avait apportée en salle, et il se demanda ce qu'elle ressentirait quand les agents viendraient arrêter celui qu'elle considérait comme un ami.

Tandis que Charity annonçait le total, Roman se crispa.

Le dénouement était proche.

— J'ai une différence de vingt-deux dollars cinquante, annonça Block.

Laborieusement, il refit les calculs, tandis que Charity pointait sa facture, les sourcils froncés.

— Bonjour, ma chère.
— Mmm...

Charity leva distraitement les yeux.

— Oh, bonjour, Millie.
— Je m'apprête à plier bagages, et je voulais vous dire que nous avions passé un séjour délicieux.

— Nous sommes toujours tellement tristes de vous voir partir. Quel dommage que vous ne puissiez rester quelques jours de plus...

— Que voulez-vous, chère petite, ainsi va la vie...

La vieille dame sourit à Roman tout en battant des cils puis elle se dirigea vers l'escalier.

— Je trouve le même total que la première fois, Roger.

Agacée, Charity tapota le bout de son crayon sur le comptoir.

— Je ne comprends pas... Ah, j'y suis... Les Wentworth, du chalet n° 1, ont demandé qu'on leur apporte une bouteille de vin, la nuit dernière.

— Wentworth, Wentworth...

Avec une lenteur énervante, Block vérifia sa liste.

— Mais oui, vous avez raison.

L'air plus réjoui que jamais, il ajouta cette dépense à sa liste et refit une fois encore ses calculs.

— Eh bien, nous sommes d'accord, annonça-t-il.

Charity fit rapidement la conversion en devises canadiennes.

— Cela vous fait deux mille trois cent trente dollars, annonça-t-elle.

— Comme toujours, c'est un plaisir, répéta Block en ouvrant sa mallette d'où il sortit une liasse de billets canadiens qu'il commença à compter.

A cet instant, Roman s'avança.

— Levez les mains. Lentement..., dit-il, le canon de son arme pointé sur la tempe de Block.

— Roman ! s'écria Charity, en le dévisageant avec de grands yeux horrifiés. Mais qu'est-ce que tu fais ?

— Va dans le bureau.

— Tu as perdu la tête ? Roman, pour l'amour du ciel...

— Fais ce que je te dis.

Les bras levés, Block s'humecta les lèvres.

— C'est une attaque à main armée ?

— Vous n'avez pas encore compris ?

De sa main libre, Roman sortit son insigne de sa poche et le jeta sur le comptoir avant de prendre ses menottes.

— Vous êtes en état d'arrestation.

— Quelles sont les charges ?

— Tentative de meurtre, trafic de fausse monnaie, complicité d'évasion. Et ce n'est qu'un début.

Tordant le bras de Block dans son dos, il lui passa une des menottes au poignet.

— Comment as-tu pu ? demanda Charity.

Il quitta Block des yeux une seconde pour la voir tendre la main, le badge dans sa paume ouverte.

Il pouvait se passer beaucoup de choses en une seconde.

— Quelle tête de linotte je fais…, marmonna Millie, à cet instant, tandis qu'elle traversait le hall à petits pas. J'étais presque arrivée en haut quand je me suis rendu compte…

Pour un homme de sa corpulence, Block se déplaça avec une rapidité surprenante.

Echappant à Roman, il attira Millie à lui et posa un couteau sur sa gorge avant que quiconque ait eu le temps de réagir.

— Ça prendra moins d'une minute…, dit-il calmement, en regardant Roman droit dans les yeux.

Ce dernier continuait à le viser à la tête. La détente s'enfonça imperceptiblement sous son doigt.

Les yeux écarquillés d'effroi, la vieille dame s'accrochait des deux mains au bras de Block, tout en gémissant.

— Ne lui faites pas de mal, dit Charity en avançant d'un pas.

Elle s'immobilisa en voyant Block resserrer sa prise.

— Je vous en supplie..., murmura-t-elle.

Attendant vainement qu'un de ses hommes fasse une tentative d'approche par-derrière, Roman tenait toujours Block en joue.

— L'endroit est cerné, vous n'avez aucune chance. Relâchez-la.

Block ricana.

— Réfléchissez... Vous voulez avoir la mort d'une vieille dame sur la conscience ?

— Soyez raisonnable, Block. N'ajoutez pas le meurtre à votre liste.

— Qu'est-ce que ça changera pour moi ? Et maintenant, sortez ! Tous.

Sa voix était grimpée dans les aigus, se teintant d'hystérie, tandis qu'il balayait le hall du regard.

— Jetez vos armes. Jetez-les et sortez avant que je lui tranche la gorge.

Il enfonça la lame dans la peau fragile de la vieille dame, faisant perler une goutte de sang.

— Je vous en prie !

De nouveau, Charity fit un pas en avant.

— Lâchez-la. Je resterai avec vous.

— Bon sang, Charity ! Recule.

Elle n'accorda pas un regard à Roman.

— Je vous en prie, Roger. Elle est âgée et fragile. Elle pourrait faire un malaise. Je ne vous causerai aucun problème.

Il ne fallut qu'un instant à Block pour prendre sa décision.

Lâchant Millie qui tomba au sol, inanimée, il empoigna Charity et pointa la lame du couteau sur sa gorge.

Apercevant la peur dans les yeux de Roman, il eut un sourire mauvais.

Apparemment, il n'avait pas perdu au change.

— Il suffit de deux secondes pour que tout soit fini, dit-il. Je n'ai rien à perdre.

Roman leva les mains, laissant pendre son arme sur son index.

— Essayons au moins de discuter.

— Quand je serai prêt ! Pour le moment, vous allez tous sortir.

— Dehors..., ordonna Roman aux hommes de Conby.

Puis il tendit son arme à Block.

— Je reste, dit-il. Deux otages pour le prix d'un, c'est plutôt une bonne affaire pour vous.

— Juste la femme. Dégagez, Dewinter. Tout de suite !

— Bon sang, Roman, fais ce qu'il te dit ! intervint Charity. Millie a besoin d'un médecin.

Surveillant Block du coin de l'œil, Roman s'approcha lentement du comptoir et souleva la vieille dame dans ses bras.

— Si vous lui faites du mal, vous ne vivrez pas assez longtemps pour le regretter, dit-il.

Et, sur cette menace, il se résigna à abandonner Charity.

A l'extérieur, après avoir remis Millie entre de bonnes mains, Roman s'efforça de réfléchir.

— Faites évacuer les clients, dit-il, et bloquez les routes. Je ne veux plus un seul civil dans le secteur.

Ayant déjà été confronté à des prises d'otages, il avait l'entraînement nécessaire. Il suffisait de garder la tête froide, et tout se passerait bien.

Mais quand l'otage se trouvait être Charity, ce n'était plus exactement la même chose.

— Je vais lui parler, décida-t-il.

— Compte tenu des circonstances, je ne pense

pas que vous soyez le mieux placé pour négocier, répliqua Conby.

— Ne vous mettez pas en travers de ma route, ou je ne réponds plus de moi. Et expliquez-moi pourquoi il n'y avait aucun homme positionné derrière lui.

— J'ai pensé qu'ils seraient plus utiles dehors, au cas où il tenterait de fuir.

Roman serra les poings.

— Quand je l'aurai sortie de là, riposta-t-il, les yeux étincelants de fureur, je vous réglerai votre compte.

Block relâcha Charity, la menaçant à présent d'une arme.

— Roger...

— Taisez-vous. Laissez-moi réfléchir.

Il essuya son front couvert de sueur avec son avant-bras.

Tout cela était arrivé tellement vite. Beaucoup trop vite.

Jusqu'à présent, il avait agi à l'instinct. A présent, il devait élaborer un plan.

— Ils m'ont coincé, marmonna-t-il. J'aurais dû réclamer une voiture.

Il eut un rire de dément avant d'ajouter :

— Nous sommes sur une fichue île... A quoi servirait une voiture ?

— J'ai pensé que...

— Silence ! C'est moi qui dois penser.

Il secoua la tête.

— Les fédéraux... Ce petit crétin de Bob avait raison depuis le début. Il avait démasqué Dewinter depuis plusieurs jours.

Saisissant Charity par les cheveux, il lui renversa la tête en arrière et posa le canon de l'arme sur sa gorge.

— Vous étiez au courant, je suppose ?

— Non, je ne savais rien. Je ne comprends toujours pas.

Un cri étouffé lui échappa quand il la plaqua violemment contre le mur.

— Roger, réfléchissez, je vous en prie... Si vous me tuez, vous n'aurez plus de monnaie d'échange. Vous avez besoin de moi.

— Ouais..., dit-il en relâchant légèrement sa poigne. Vous m'avez été bien utile jusqu'à présent. Il va falloir continuer. Combien y a-t-il d'issues ?

— Je... je ne sais pas.

De nouveau, il lui tira brutalement les cheveux, lui arrachant un cri.

— Cinq, je... crois, reprit-elle. Sans compter les fenêtres. Il y a le hall, le fumoir, ma chambre, une suite familiale dans l'aile est, et la cuisine.

— Bien...

Respirant avec difficulté, Block évalua rapidement les diverses possibilités.

— La cuisine... Nous allons passer par la cuisine. Nous pourrons en profiter pour manger quelque chose si ça s'éternise.

Les yeux rivés sur l'auberge, Roman faisait les cent pas derrière les rubans délimitant le périmètre de sécurité.

Elle était intelligente, se dit-il.

Charity était une femme intelligente et raisonnable. Elle ne céderait pas à la panique. Elle ne ferait rien de stupide.

Seigneur, elle devait être absolument terrifiée.

Il alluma une cigarette au mégot de la précédente, mais n'éprouva aucun apaisement à inhaler l'âpre fumée.

— Où est ce fichu téléphone ? demanda-t-il.

— Ce sera prêt dans quelques minutes, répondit le shérif.

Repoussant son chapeau en arrière, il désigna le jeune homme occupé à établir une ligne temporaire.

— Mon neveu…, dit-il avec un sourire de fierté. Le gamin connaît son boulot.

— Vous avez une grande famille, apparemment.

— Plus ou moins. Mais dites-moi, en parlant de famille, j'ai entendu dire que vous alliez épouser Charity. Ça faisait partie de votre couverture ?

— Non, sûrement pas.

Roman songea à leur pique-nique sur la plage, l'un des plus beaux moments de sa vie.

— Dans ce cas, je vais vous donner un conseil.

Voyant que Roman s'apprêtait à protester, il leva une main pour l'en empêcher.

— Vous vous trompez, vous en avez besoin. Je vous conseille donc de garder votre calme. Un animal traqué réagit de deux manières : soit il recule et se rend, soit il attaque tous ceux qui se trouvent sur son passage.

Royce pointa le menton vers l'auberge.

— Block n'a pas l'air du genre à se rendre facilement, et Charity va finir par être un fardeau pour lui.

Voyant que son neveu approchait, il s'adressa à lui.

— La ligne est prête, petit ?

— Oui. Vous pouvez faire le numéro, dit-il en tendant le combiné à Roman.

— Je ne le connais pas, marmonna-t-il. Je ne connais pas ce fichu numéro.

— Moi, je le connais.

Roman sursauta en reconnaissant la voix de Mae.

— Royce, je croyais que vous deviez évacuer tous les civils, bon sang !

— Déplacer Mayflower, c'est pire que de déplacer un tank, vous savez.

— Je ne bougerai pas d'ici tant que je n'aurai pas vu Charity, affirma Mae. Elle va avoir besoin de moi en sortant. Et ne perdons pas de temps à discuter. Vous voulez ce numéro ?

— Oui.

Jetant sa cigarette, il le composa à mesure qu'elle l'épelait.

Charity sursauta sur sa chaise quand le téléphone sonna, déchirant le silence qui planait dans la cuisine.

Assis en face d'elle à la table, Block se contenta de fixer l'appareil.

— Restez où vous êtes, dit-il, se décidant enfin à traverser la pièce pour aller répondre. Ouais ?

— Dewinter à l'appareil. J'ai un marché à vous proposer, Block.

— Quel genre de marché ?

— D'abord, je veux m'assurer que Charity est toujours avec vous.

— Vous l'avez vue sortir ? lança Block dans le combiné. Vous savez très bien qu'elle est avec moi, sinon vous ne seriez pas en train de me parler.

— Je dois m'assurer qu'elle est toujours en vie. Laissez-moi lui parler.

— Vous pouvez aller au diable !

Roman dut faire un effort considérable pour garder son calme.

— Ou je lui parle, ou il n'y aura pas de négociations.

— Alors, dépêchez-vous...

Block fit un geste avec son arme, à l'attention de Charity.

— Venez par ici. C'est votre petit ami qui veut savoir comment vous allez. Dites-lui que tout va bien. C'est compris ?

Faisant glisser le canon de l'arme sur sa joue, il remonta jusqu'à sa tempe.

Avec un hochement de tête, elle saisit le combiné.

— Roman ?

— Oh, Charity..., murmura-t-il, trop d'émotions se bousculant en lui pour qu'il puisse les identifier toutes.

Il aurait voulu la rassurer, lui faire des promesses, la supplier de se montrer prudente...

Mais il savait qu'il ne disposait que de quelques secondes, et que Block les écoutait.

— Tu es blessée ?

— Non, je vais bien. Il m'a même autorisée à manger quelque chose.

— Vous avez entendu, Dewinter ? reprit la voix de Block dans l'appareil. Elle va bien, mais ça pourrait changer...

En entendant un cri de Charity, puis des sanglots, Roman crispa les doigts sur le combiné jusqu'à en avoir mal.

— Inutile de la brutaliser, Block. Je vous ai dit que je voulais négocier.

— Très bien, mais c'est moi qui fixe les termes de la négociation. Je veux une voiture, et un accès sécurisé à l'aéroport. Charity conduira. Je veux aussi un avion avec le plein de kérosène, prêt à décoller. Elle viendra avec moi.

— Quelle taille, l'avion ?

— Ne jouez pas au plus malin avec moi.

— Mais je dois savoir. C'est un petit aéroport, Block, et si vous envisagez d'aller loin...

— Trouvez-moi seulement un avion. Le reste ne vous concerne pas.

— D'accord.

Nauséeux, Roman se passa le dos de la main sur la bouche. Il n'entendait plus Charity et le silence était encore plus angoissant que ses sanglots.

— Je vais devoir suivre une certaine procédure...

— Allez au diable avec votre procédure.

— Je n'ai pas le pouvoir de vous fournir tout ce que vous demandez sans des autorisations.

Ensuite, il faudra que je fasse évacuer l'aéroport, que je trouve un pilote... Je vais avoir besoin de temps.

— Ne me prenez pas pour un idiot. Je vous donne une heure.

— Il faut que ça passe par Washington, et vous connaissez les bureaucrates, Block... Il m'en faudra trois, peut-être quatre.

— Je vous donne deux heures. Passé ce délai, je commencerai à vous envoyer Charity par petits morceaux.

12

— Nous avons deux heures, annonça Roman, en prenant le plan que lui tendait Royce. Il n'est pas aussi malin que je le pensais, ou il est trop paniqué pour réfléchir.

— Cela peut être un avantage pour nous, répondit le shérif, mais cela peut aussi nous desservir.

Deux heures.

Roman observa l'auberge dont l'apparence de quiétude ne pouvait laisser deviner le drame qui se jouait à l'intérieur. Savoir que Charity se trouvait sous la menace d'un revolver le terrorisait.

— Il veut une voiture et un avion, dit-il à Conby, après avoir refusé le café que lui tendait Royce. Faites en sorte qu'il croie les obtenir.

— Je sais comment gérer une prise d'otage, Dewinter.

Ignorant la remarque vexée de son supérieur, Roman s'adressa au shérif :

— Lequel de vos hommes est le meilleur tireur ?

— Moi. Où voulez-vous que je me place ?

— Ils sont dans la cuisine.

— Block vous l'a dit ?

— Non, c'est Charity. Elle m'a dit qu'il allait la laisser manger quelque chose. Comme je doute qu'elle ait de l'appétit en ce moment, je pense qu'elle essayait de m'indiquer sa position.

Royce jeta un bref coup d'œil vers le ponton, où Mae faisait les cent pas.

— C'est une jeune femme courageuse. Elle saura garder la tête froide.

— Je l'espère.

Mais Roman se rappelait trop bien ses sanglots étouffés.

— Royce, il me faut deux hommes avec moi à l'arrière, mais qu'ils restent en retrait pour le moment. Je veux voir jusqu'où nous pouvons nous approcher.

Il s'adressa ensuite à Conby :

— Donnez-nous cinq minutes et rappelezle. Dites-lui qui vous êtes, en vous donnant de l'importance, comme vous savez si bien le faire. Essayez de gagner du temps. Gardez-le au téléphone aussi longtemps que possible.

— Vous avez deux heures, Dewinter. Je peux faire venir une équipe d'intervention de Seattle.

— Nous avons deux heures, mais pas Charity.

— Je ne peux pas prendre la responsabilité...

— Je sais quel trouillard vous êtes, mais pour une fois, vous allez vous mouiller.

— Agent Dewinter, si nous n'étions pas en situation de crise, je vous donnerais un blâme pour insubordination.

— Ne vous gênez pas, marmonna-t-il avant de jeter un coup d'œil au fusil à lunette dont Royce s'était équipé. Allons-y !

Elle avait assez pleuré, décida Charity, en prenant une profonde inspiration. Cela ne servait à rien. Tout comme son ravisseur, elle avait besoin de réfléchir.

Son monde se résumait maintenant à cette

seule pièce, et la peur lui nouait le ventre. Cela ne pouvait pas continuer ainsi... Sa vie était menacée, et elle voulait au moins savoir pourquoi.

Sans quitter Block des yeux, elle redressa les épaules et se leva.

Il était assis à la table, tenant son arme d'une main et tambourinant de l'autre sur le plateau de bois usé par les années.

Il était terrifié, comprit-elle. Peut-être pouvait-elle s'en servir à son avantage.

— Roger... Voulez-vous du café ?

— Ouais. C'est une bonne idée. Mais n'essayez pas de m'entourlouper, je vous ai à l'œil.

— Vous croyez qu'ils vont vous donner un avion ?

La cuisine était pleine d'armes potentielles, songea-t-elle. Aurait-elle le courage de s'en servir ?

— Ils me donneront tout ce que je veux tant que vous serez avec moi.

— Pourquoi vous recherchent-ils ? Je ne comprends pas.

Elle versa le café brûlant dans deux tasses. Elle n'était pas certaine de pouvoir l'avaler, mais elle espérait que Block se sentirait un peu plus en confiance si elle partageait ce moment avec lui.

— Ils ont parlé de contrefaçon..., ajouta-t-elle.

A présent, Block se moquait qu'elle sache tout. Il avait travaillé dur et il était fier de lui.

— Depuis deux ans, je fais passer de la fausse monnaie canadienne de ce côté de la frontière, en coupures de dix et vingt. Je pourrais en fabriquer plus, mais je suis prudent. Mille par-ci, mille par-là avec l'aide de Vision Tours. Mais à côté de ça, nous offrons d'excellentes prestations, et les clients sont ravis.

— Vous m'avez payée avec de la fausse monnaie ?

— Vous, et d'autres. Mais votre auberge était mon endroit préféré.

Il lui sourit, aussi amical qu'à l'accoutumée, s'il n'y avait eu le revolver.

— C'est charmant, tranquille, retiré... Vous traitez avec une petite banque locale... Bref, ça marchait comme sur des roulettes.

Elle baissa les yeux vers sa tasse, l'estomac révulsé.

— Je vois..., dit-elle.

Roman n'était pas venu pour les baleines mais

pour enquêter sur ce trafic. C'était tout ce qu'il avait vu en elle.

— Nous allions arrêter, de toute façon. Bob commençait à être nerveux.

— Bob ? Il était au courant ?

— Ce n'était qu'un petit escroc sans envergure quand je l'ai rencontré. Je l'ai installé ici et je l'ai aidé à s'enrichir.

Il but une gorgée de café.

— Mais cela vous a bien arrangée, vous aussi. Vous étiez dans une mauvaise passe quand je suis venu vous proposer un partenariat avec l'agence.

— Ça durait depuis tout ce temps…, murmura Charity.

Il reposa brutalement sa tasse.

— Je voulais continuer encore six mois, mais Bob a commencé à se méfier de votre homme à tout faire. Ce petit salaud m'a trahi. Il a passé un accord avec les fédéraux. J'aurais dû m'en douter à la façon dont il a paniqué après votre accident.

— C'était vous ? demanda-t-elle, se sentant pâlir. Vous vouliez me tuer ?

— Mais non.

Il voulut lui tapoter la main et Charity s'écarta.

— En réalité, je vous aime bien. Je voulais simplement tester Dewinter. Il est doué. Très doué... Il avait réussi à me convaincre qu'il s'intéressait vraiment à vous. C'était bien vu, le coup de la romance.

Dévastée, elle fixa une profonde entaille dans la table.

— Oui... C'était intelligent.

— Je savais que vous n'étiez pas dans le coup. Vous n'êtes pas comme ça. Mais Dewinter... Ils ont probablement déjà eu Dupont.

— Qui ?

— Nous ne faisons pas que passer de l'argent. Les gens qui souhaitent quitter le pays sans problème font également appel à nos services. Je suppose que mon tour est venu.

Il ricana puis termina sa tasse.

— Et si vous me prépariez quelque chose à manger ? L'une des choses que je regretterai ici, c'est la cuisine.

Charity se leva sans un mot et se dirigea vers le réfrigérateur, songeant à Roman.

Tout cela n'avait été que mensonge et mascarade. Tout ce qu'il avait dit, tout ce qu'il avait fait...

Une souffrance terrible, lancinante, la fouaillait.

Il s'était moqué d'elle, tout comme l'avait fait Roger Block. Il s'était servi d'elle et de son auberge. Jamais elle ne pourrait lui pardonner.

Elle se passa la main sur les yeux que des larmes commençaient à brûler.

Et jamais elle n'oublierait.

— Il ne resterait pas un peu de tarte au citron ? demanda Block. Mae s'est surpassée avec ce dessert, hier soir.

— Si, répondit Charity en sortant lentement la tarte du réfrigérateur. Il en reste.

Block avait tiré les rideaux jaune soleil de la cuisine, mais il restait un espace de quelques centimètres au centre.

Lentement, Roman s'approcha et il aperçut enfin Charity qui allait vers un placard, en sortait une assiette.

Il y avait des larmes sur ses joues, et cette vision lui déchira le cœur. Mais il vit que ses mains ne tremblaient pas et se raccrocha à cela.

Impossible de voir Block, même en se déplaçant.

Tout à coup, comme si elle avait senti sa présence, Charity tourna les yeux vers lui. Il vit une myriade d'émotions altérer son visage qui redevint vite impassible.

Elle le regardait comme elle aurait regardé un étranger, attendant ses instructions.

Il leva la main pour lui signifier de garder son calme.

Au même moment, le téléphone sonna et elle sursauta.

— Ah, il était temps..., dit Block, en se dirigeant vers l'appareil qu'il décrocha. Oui ? Qui êtes-vous ?

Après avoir écouté un moment, il eut un rire sarcastique.

— J'ai toujours préféré traiter avec les huiles plutôt qu'avec les sous-fifres... Où est mon avion, inspecteur Conby ?

Profitant de ce qu'il lui tournait le dos, Charity se précipita vers la fenêtre pour écarter un peu plus le rideau.

— Venez ici, ordonna Block en se tournant vers elle.

— Quoi ?

Il fit un geste avec son arme.

— Je vous ai dit de venir ici.

Roman étouffa un juron tandis qu'elle se plaçait involontairement dans sa ligne de tir.

— Je veux qu'ils sachent que je tiens mes promesses, dit Block en saisissant la jeune femme par le bras. Dites à ce type que je vous traite bien.

— Il ne m'a pas fait de mal, dit-elle dans l'appareil, tout en s'efforçant de ne pas regarder du côté de la fenêtre.

Puis elle coupa la communication avec son interlocuteur et Block lui reprit le combiné. Roman était là, songea-t-elle. Il ferait son possible pour la faire sortir de cette pièce saine et sauve. C'était son métier...

— L'avion sera prêt dans une heure, dit Block. Cela me laisse le temps pour un morceau de tarte et un autre café.

— Bien.

Elle se dirigea de nouveau vers l'évier et la panique l'envahit lorsqu'elle vit qu'il n'y avait plus personne dehors.

Roman l'avait abandonnée.

D'une main tremblante, elle découpa la tarte et fit glisser une part sur une assiette.

— Roger, allez-vous me libérer quand ce sera fini ?

Il n'hésita qu'un instant, mais cela suffit à Charity pour comprendre qu'il allait lui mentir.

— Bien sûr... Dès que je n'aurai plus rien à craindre.

Ainsi, la série continuait. On lui avait pris son cœur, son auberge, et bientôt, on lui prendrait sa vie.

Elle posa la tarte devant lui.

— Je vous apporte votre café, dit-elle en se dirigeant vers la gazinière.

Un pas, puis l'autre. Sa tête bourdonnait et son cœur cognait fort dans sa poitrine. Il y avait autre chose en elle que la peur, à présent, comprit-elle en allumant la flamme sous la casserole. Il y avait la rage, le désespoir, et une irrépressible envie de vivre.

Mécaniquement, elle referma le brûleur. Puis, enroulant un torchon autour du manche de la casserole, elle revint vers la table.

Block tenait toujours son arme, tandis qu'il enfournait la tarte dans sa bouche de la main gauche.

Elle prit une profonde inspiration.

— Roger ?

Il leva les yeux et Charity soutint son regard.

— Vous avez oublié votre café, dit-elle calmement.

Puis elle lui jeta le liquide brûlant au visage.

Il poussa un hurlement terrifiant en bondissant de sa chaise, cherchant à tâtons l'arme qui lui avait échappé. Mais Charity la saisit avant lui, recevant au passage un coup que lui assena Block par inadvertance.

Le reste se passa très vite.

Tandis qu'elle chancelait, la fenêtre vola en éclats et Roman surgit dans la pièce. Les portes s'ouvrirent violemment, des hommes se ruèrent à l'intérieur puis quelqu'un la tira en arrière.

Agenouillé à terre, au milieu des éclats de verre, Roman pointait une arme sur la tempe de Block, qui gémissait, inconscient.

— C'est fini, Roman…, dit le shérif en posant une main sur son épaule.

Mais la rage bouillonnait en lui, l'incitant à appuyer sur la détente.

Se souvenant de la façon dont Charity l'avait

regardé par la fenêtre, il s'écarta lentement puis replaça l'arme dans son holster.

— Oui, c'est fini. Emmenez-le.

Se relevant, il partit à la recherche de Charity.

Il la trouva dans le hall, blottie contre l'imposante poitrine de Mae, qui lui murmurait des mots de réconfort. Lorsqu'elle l'aperçut, elle se crispa et repoussa gentiment la vieille dame.

— Il faut que je lui parle une minute, dit-elle.

— Allez-y, dit Mae en lui déposant un baiser sur le front. Et ensuite, vous prendrez un bon bain pour vous détendre.

— D'accord. Nous serons plus tranquilles là-haut, ajouta-t-elle à l'intention de Roman.

Il aurait voulu la prendre dans ses bras.

Il avait besoin de la sentir contre lui, de toucher ses cheveux, sa peau, de se convaincre que ce cauchemar était terminé. Mais il devinait qu'elle le rejetterait sans ménagement.

Sans comprendre comment ses jambes continuaient à la porter, Charity le précéda dans l'escalier. Quand elle serait seule, elle laisserait libre cours à son chagrin. Mais pour le moment, elle devait tenir bon.

Consciente qu'elle serait incapable de l'affronter dans l'intimité de sa chambre, elle se rendit dans le salon de sa suite puis se tourna vers lui.

— Je suppose que tu as des rapports à remplir, maintenant..., commença-t-elle d'une voix froide, détachée. On m'a dit que je devrais faire une déposition, mais j'ai pensé que nous avions d'abord quelque chose à régler.

— Charity...

Roman fit un pas vers elle, mais elle leva la main pour lui interdire de s'approcher.

— Non ! Ne me touche pas.

— Je suis désolé.

— Pourquoi ? Tu as fait exactement ce que tu étais venu faire, Roman. Je suis certaine que tes supérieurs seront ravis.

— C'est sans importance.

Elle plongea la main dans sa poche et en sortit l'insigne, qu'elle lança dans sa direction.

— Au contraire.

Luttant pour conserver son calme, il attrapa l'insigne au vol et le fit disparaître dans sa poche, notant au passage que ses mains saignaient.

— Je ne pouvais rien te dire, Charity.

— Tais-toi. Ça ne m'intéresse plus.

— Ecoute, chérie...

— Non, c'est toi qui vas écouter, *chéri*, dit-elle en se plantant devant lui, le menton relevé, les yeux étincelants. Tu m'as menti, tu t'es servi de moi. De la première à la dernière minute, tu n'as cessé de jouer la comédie.

— C'est faux.

— Vraiment ? Voyons un peu que je réfléchisse.

Elle se mit à arpenter la pièce, bousculant sans ménagement une chaise qui se trouvait sur son passage.

— Il y a d'abord eu le pneu crevé. Pratique, pour faire connaissance... Et puis George, ce bon vieux George... Je suppose que ça a été un jeu d'enfant pour vous de truquer la loterie afin qu'il te laisse le champ libre. Et Bob... Tu savais pour Bob, n'est-ce pas ?

— Pas au début.

— Pas au début..., répéta-t-elle, le singeant.

Tant qu'elle garderait la tête froide, elle ne ressentirait rien, se dit Charity.

— Et moi ? ajouta-t-elle. Tu pensais que j'en faisais partie ?

Comme il ne répondait pas, elle comprit aussitôt.

— Mais bien sûr ! Tu me soupçonnais aussi... Tout ce que tu avais à faire, c'était te rapprocher de moi, et on peut dire que je t'ai facilité la tâche.

Elle eut un rire hystérique et se prit le visage à deux mains.

— Mon Dieu, je me suis carrément jetée à ta tête...

— Il n'était pas prévu que quelque chose se passe entre nous. C'est arrivé, c'est tout. Je n'avais pas imaginé que je pouvais tomber amoureux de toi.

— Amoureux... Tu ne sais même pas ce que ce mot veut dire.

— Je ne le savais pas jusqu'à ce que je te rencontre.

— On ne peut pas aimer sans confiance, Roman. Je te faisais confiance. Je ne t'ai pas seulement donné mon corps. Je t'ai tout donné.

— Mais, bon sang ! Je ne pouvais rien te dire. Par contre, tout ce que je t'ai raconté sur moi était vrai. La façon dont j'ai grandi, ce que je ressentais...

— Ah oui ? dit-elle, méprisante.

N'y tenant plus, Roman traversa la pièce et lui prit les mains.

— Je ne te connaissais pas quand j'ai accepté cette enquête. Je ne faisais que mon travail. Quand les choses ont changé, ma priorité a été de prouver ton innocence et d'assurer ta sécurité.

— Si tu m'en avais parlé, je t'aurais prouvé moi-même mon innocence, dit-elle en s'écartant. C'est mon auberge, mes employés... Ils sont la seule famille qu'il me reste. Tu crois que j'aurais pris le risque de perdre tout ça pour de l'argent ?

— Bien sûr que non. Et je l'ai compris au bout de vingt-quatre heures. Mais j'avais des ordres. Si je t'avais expliqué de quoi il retournait, tu n'aurais pas su donner le change.

— Tu me crois stupide à ce point-là ?

— Non. Seulement honnête...

Faisant un effort, il reprit le contrôle de lui-même.

— Tu as traversé un moment difficile, Charity. Laisse-moi te conduire à l'hôpital.

— Un moment difficile ? répéta-t-elle en éclatant de rire. Tu sais ce que ça fait d'apprendre que, pendant deux ans, des gens en qui tu avais confiance se sont servis de toi ? Mais ce n'est rien comparé à ce que je ressens quand je prends la mesure de ma bêtise te concernant. Comment ai-je pu être assez bête pour croire que tu m'aimais ?

— Ce n'était pas un mensonge. Sinon, pourquoi serais-je là, à te répéter que je t'aime ?

— Je n'en sais rien. Et je ne sais même plus si ça a de l'importance. Je n'en peux plus, Roman. J'ai cru qu'il allait me tuer, et...

Sa phrase se termina dans un sanglot.

— Oh, Charity...

Il la prit dans ses bras et, voyant qu'elle ne le repoussait pas, il enfouit le visage dans ses cheveux.

— J'ai cru qu'il allait me tuer, répéta-t-elle, molle contre lui, les bras ballants. Et je n'avais pas envie de mourir. En fait, rien ne comptait plus pour moi que de rester en vie. Quand l'homme que ma mère aimait l'a trahie, elle a renoncé à se battre, mais je ne suis pas comme ça.

D'un mouvement brusque, elle s'écarta de lui.

— Je suis peut-être naïve, mais je ne suis pas faible. Ma vie va continuer dans cette auberge et je vais t'effacer de mes souvenirs, quoi qu'il m'en coûte.

— Non !

Furieux, il lui prit le visage entre ses mains.

— Tu ne m'oublieras pas parce que tu sais que je t'aime. Et tu m'as fait une promesse, Charity. Quoi qu'il advienne, tu as promis de toujours m'aimer.

— J'ai fait cette promesse à un homme qui n'existe pas. Va-t'en, Roman.

Comme il ne bougeait pas, elle se précipita dans sa chambre et verrouilla la porte.

Mae balayait le verre cassé dans la cuisine. Pour la première fois depuis vingt ans, l'auberge était fermée. Persuadée que Charity ne tarderait pas à la rouvrir, elle se réjouissait, pour le moment, que son enfant chérie ait enfin accepté de se reposer.

Lorsque Roman entra, elle prit appui sur le manche du balai. Elle avait bercé Charity pendant une heure tandis que celle-ci vitupérait contre Roman, et elle s'apprêtait à le recevoir froidement, mais un seul coup d'œil à son visage ravagé suffit à la faire changer d'avis.

— Vous avez l'air épuisé.

— Je... Je voulais prendre de ses nouvelles avant de partir.

— Elle est dans un état lamentable. Et plus têtue qu'une mule.

Mae hocha la tête, ravie de la lueur d'angoisse qui venait de traverser les yeux de Roman.

— Voulez-vous lui donner ce numéro ? demanda-t-il en posant une carte sur la table. Au cas où elle voudrait me joindre.

— Elle est encore choquée.

— Je sais.

— Mais elle se remettra vite. Elle vous aime, vous savez.

Il grimaça.

— Je n'en suis pas si sûr.

— Croyez-moi. Mais pour le moment, elle ne veut pas le reconnaître. Vous travaillez pour le FBI depuis longtemps ?

— Trop longtemps.

— Vous me promettez que ce répugnant personnage aura le procès qu'il mérite ?

Roman serra les poings.

— J'y veillerai.

— Etes-vous amoureux de Charity ?

— Oui.

— Je vous crois. Et je vais vous donner un conseil. Elle est blessée. Sérieusement... Et c'est le genre de fille à vouloir régler les choses elle-même. Laissez-lui du temps.

Elle prit la carte pour la glisser dans la poche de son tablier.

— Je la lui donnerai en temps voulu, ajouta-t-elle.

Elle se sentait plus forte, et pas seulement au plan physique, décida Charity tandis qu'elle courait avec son chien.

Les cauchemars qui la réveillaient nuit après nuit avaient disparu. Elle se surprenait parfois à sourire et s'intéressait de nouveau aux autres.

Elle s'était promis qu'elle se ressaisirait, et elle y parvenait peu à peu.

Elle ne pensait plus à Roman. Presque plus...

Avec un soupir, elle se corrigea. Elle ne guérirait jamais si elle commençait par se mentir à elle-même.

Elle pensait tout le temps à Roman. Surtout aujourd'hui.

C'était le jour où ils auraient dû se marier.

A midi, tandis que la musique retentissait et que le soleil inondait le jardin de lumière, elle aurait glissé sa main dans la sienne, promettant de l'aimer toujours.

Tirant sur la laisse, elle ramena Ludwig sur la route.

Cela n'avait été qu'un rêve, et ce n'était plus désormais qu'un souvenir.

Et pourtant, chaque jour qui passait, elle se rappelait avec précision les moments passés avec Roman. Sa réticence du début, sa colère. Puis sa tendresse et sa sollicitude...

Pensive, elle contempla le bracelet qui n'avait pas quitté son poignet.

Elle avait essayé de le remettre dans sa boîte et d'enfouir celle-ci au fond d'un tiroir. Chaque jour, elle s'était dit qu'elle allait le faire. Et chaque jour, elle s'était rappelé ce qu'elle avait ressenti quand Roman le lui avait offert.

S'il ne s'agissait pour lui que d'une mission comme une autre, pourquoi lui avait-il tant donné ? Il aurait pu lui offrir son amitié et son respect, comme Bob l'avait fait en son temps, et elle l'aurait cru.

Il aurait pu aussi se contenter d'une aventure

strictement physique, sans prononcer de paroles d'engagement, et elle s'en serait contentée.

Mais il avait dit qu'il l'aimait. Et avant de partir, il l'avait presque suppliée de le croire.

Elle secoua la tête et pressa le pas. Voilà qu'elle redevenait faible et sentimentale. C'était sans doute à cause du beau temps. Elle ferait mieux de rentrer à l'auberge pour se mettre au travail, et cette journée finirait par passer. Comme les autres.

Au début, elle crut que son imagination lui jouait des tours lorsqu'elle le vit au bord du chemin, les yeux tournés vers la mer.

Elle trébucha, les jambes soudain faibles, tandis que son cœur s'emballait follement.

Roman l'entendit arriver. Il se rappela qu'il s'était un jour demandé s'il pourrait revenir ici et voir Charity courir vers lui.

Elle ne courait pas. Au contraire, elle avançait lentement, tel un automate, en dépit du chien qui tirait sur sa laisse.

Savait-elle qu'elle tenait sa vie entre ses mains ?

— Qu'est-ce que tu veux ? demanda-t-elle.

Il se pencha pour caresser Ludwig.
— Comment vas-tu ?
— Bien.
— Il paraît que tu fais des cauchemars.
Elle se crispa.
— C'est terminé... Mae parle trop.
— Au moins, elle me parle, elle.
— Je n'ai plus rien à te dire, Roman.
Comme elle faisait mine de reprendre sa marche, il la saisit par le bras.
— Pas si vite ! La dernière fois, tu as dit ce que tu avais sur le cœur. Maintenant, c'est à mon tour.
Il se pencha pour détacher Ludwig qui s'élança à toute allure vers l'auberge.
— Mae l'attend.
— Je vois, dit-elle en enroulant la laisse autour de son poing. C'est un complot.
— Elle t'aime. Et moi aussi.
— J'ai des choses à faire.
— Ça attendra.
Avant qu'elle puisse protester, il l'attira avec force contre lui, et s'empara de sa bouche. Leur baiser lui fut comme de l'eau après des jours passés à errer dans le désert, ou comme le feu après de longues nuits glacées.

Il fit durer leur étreinte, résolu à en profiter comme si c'était la dernière fois.

Charity n'avait pas la force de lutter. S'agrippant à lui, elle se laissa consumer tout entière dans la violence et la passion de ce baiser, sachant qu'elle ne serait jamais assez forte pour lutter contre ce que son cœur lui dictait.

S'écartant, il pressa les lèvres contre ses cheveux.

— Ecoute-moi..., murmura-t-il. Chaque nuit, je me réveille et je le revois presser ce couteau sur ta gorge sans que je puisse rien faire. Alors, je tends la main vers toi et tu n'es pas là. Pendant une minute, une minute horrible, je suis paralysé de terreur. Et puis, je me rappelle que tu es en sécurité. Tu n'es pas avec moi, mais tu es saine et sauve. Et c'est tout ce qui compte.

Avec un soupir, elle rejeta la tête en arrière.

— Roman... Je n'ai plus envie de penser à ça.

— Tu crois que je peux oublier ? Chaque seconde de ma vie, ce souvenir ne cessera de me hanter. J'étais responsable de toi.

— Non ! s'exclama-t-elle, cédant brièvement à

la colère. *Je* suis responsable de moi. Je me suis toujours prise en charge, et j'ai bien l'intention de continuer.

— Ne nous disputons pas, Charity, je t'en prie. J'ai encore des choses à te dire.

— C'est inutile, tu n'as rien à expliquer..., répondit-elle avec un sourire penaud en évitant de le regarder. Je prends conscience que j'ai été trop dure avec toi, mais j'étais déçue, blessée, et beaucoup plus choquée par cette prise d'otage que je ne le pensais. Quand j'ai fait ma déposition, l'inspecteur Conby m'a tout expliqué au sujet de ta mission, de tes responsabilités...

— Ne me parle plus de ce type ! Son incompétence a bien failli tout faire rater.

— Mais tu travailles pour lui.

— Plus maintenant. J'ai démissionné.

— Mais pourquoi ? C'est ridicule.

— J'ai décidé que je préférais la menuiserie. D'ailleurs, je cherche du travail... Tu n'aurais pas quelque chose pour moi ?

Jouant nerveusement avec la laisse, elle fixa la mer.

— Je n'ai pas vraiment eu la tête à faire des travaux, ces derniers temps.

Il lui prit le menton entre l'index et le pouce, et plongea son regard dans le sien.

— Je n'exige pas un très gros salaire. Tout ce que tu as à faire, c'est de m'épouser.

— Non, je t'en prie.

— Charity... L'une des choses que j'admire le plus chez toi, c'est ta ténacité. Et s'il faut que je me tape la tête pendant des heures contre le mur de ta volonté, je le ferai. Je t'aime, et je suis prêt à tout faire pour que tu me croies.

— J'en ai bien peur, murmura-t-elle.

Un espoir ténu commença à naître en lui.

— Tu as changé ma vie, Charity, et je ne peux pas retourner en arrière. Je ne peux pas non plus avancer si tu n'es pas avec moi. Combien de temps veux-tu que je reste là, à attendre de pouvoir recommencer à vivre ?

Les bras serrés autour de sa taille, Charity s'éloigna de quelques pas.

Des gouttes de rosée, posées sur l'herbe comme autant de diamants, scintillaient de mille feux. L'air était doux et parfumé, annonçant une journée magnifique. Des détails minuscules qu'elle avait cessé de remarquer depuis qu'il était parti.

Elle revint vers lui.

— Tu m'as terriblement manqué...

Comme il faisait mine de la prendre dans ses bras, elle secoua la tête.

— Attends, je n'ai pas fini... J'ai essayé de ne pas me demander si tu allais revenir, tentant de me persuader que cela n'avait pas d'importance. Alors quand je t'ai vu au bord du chemin, ma seule envie était de fuir. Pas de questions, pas d'explications... Mais ce n'est pas aussi simple.

— Je sais.

— Je t'aime, Roman. Je ne peux pas m'en empêcher. J'ai essayé, pourtant. Pas très fort, certes, mais j'ai essayé. Je crois que je savais au fond de moi que tu ne m'avais pas menti sur tes sentiments. Quant au reste, l'enquête et le fait que tu m'aies soupçonnée, je crois qu'il s'agissait surtout d'une question d'amour-propre. Ce n'est pas très flatteur d'être prise pour une voleuse. Mais si j'ai à faire un choix, je fais celui de l'amour. Tu es engagé..., conclut-elle, le visage illuminé par un sourire timide.

Ce sourire se transforma en éclat de rire quand il la souleva dans ses bras et la fit tournoyer.

— Nous ferons en sorte que ça marche, dit-il

en la reposant sur le sol pour piqueter son visage de baisers. A partir d'aujourd'hui.

— Nous devions nous marier, aujourd'hui.
— Et nous allons le faire.
— Mais...
— J'ai la licence.
— Une licence de mariage ?
— Elle est dans ma poche, avec deux billets pour Venise.
— Pour... Mais, comment ?

L'air amusé, Roman lui embrassa tendrement le bout du nez.

— Et Mae t'a acheté une robe, hier, mais elle n'a pas voulu me la montrer. Et quand Mae a décidé quelque chose...

Eperdue de bonheur, elle se blottit plus étroitement contre lui, ne cherchant pas à feindre la contrariété.

— Tu étais incroyablement sûr de toi, à ce que je vois.
— Oui, ma chérie, tout comme j'étais sûr de toi..., murmura-t-il avant de prendre tendrement ses lèvres.

Le 1er juillet

Black Rose n°19

Une mystérieuse fascination - Debra Webb
En découvrant, un soir, qu'elle est enfermée dans l'immeuble où elle travaille, Elaine sent la panique la gagner. Mais bientôt, elle découvre avec soulagement qu'elle n'est pas seule : un homme, très séduisant et mystérieux, est lui aussi captif de cette prison de verre. Un soulagement de courte durée toutefois, car Brad Gibson, son compagnon d'infortune, ne tarde pas à lui révéler qu'ils ne sont pas enfermés là par hasard, et qu'il détient un secret susceptible de mettre leurs deux vies en danger...

Au nom d'un enfant - Dani Sinclair
En apprenant qu'elle est enceinte, Sydney ressent d'abord un bonheur immense. Mais lorsqu'on lui apprend que le père de son enfant vient d'être assassiné par des hommes qui la recherchent, l'angoisse la submerge. C'est alors qu'elle reçoit la visite d'un inconnu qui se prétend son beau-frère. Ignorant si elle peut se fier à lui, Sydney accepte néanmoins son aide, avec en tête une seule idée : protéger à tout prix la vie de l'enfant qu'elle porte...

Black Rose n°20

Attirance interdite - Dana Marton
Pour retrouver Sonya Botero, une riche héritière enlevée en plein centre de Miami, Isabelle Rush est obligée de faire équipe avec Raphaël Montoya, qu'elle aime en secret depuis trois ans. Raphaël, qu'elle n'a jamais réussi à cerner, tant il est énigmatique et secret, et dont elle sait, surtout, qu'il ne l'aimera jamais...

Un risque à prendre - Mallory Kane
Le jour où elle est embauchée dans la clinique du célèbre Dr Metzger, Rachel Harper voit son rêve se réaliser. Aussi, quand l'agent du FBI Eric Baldwyn lui apprend que le brillant psychiatre est soupçonné de pratiquer d'étranges expériences sur certains patients, refuse-t-elle d'y croire. Partagée entre sa loyauté envers le médecin qui lui a accordé sa confiance et son attirance pour Eric, Rachel accepte néanmoins que ce dernier se fasse passer pour un patient de la clinique...

Black Rose n°21

Le secret du bayou - Nora Roberts
Revenir au Domaine du chêne dans des circonstances aussi dramatiques, Laurel n'y aurait jamais pensé. Pour autant, rien ne l'empêchera de faire la lumière sur la mort mystérieuse d'Anne Trulane, la femme de son ami d'enfance. Pas même l'angoisse qu'elle éprouve à l'idée de s'enfoncer dans le bayou jouxtant la propriété, où le corps d'Anne a été retrouvé...

BEST SELLERS

Le 1ᵉʳ juillet

La nuit du cauchemar - Gayle Wilson • N°292

Depuis qu'elle a emménagé dans la petite ville de Crenshaw, Blythe vit dans l'angoisse : Maddie, sa fille, est en proie à de violents cauchemars et se réveille terrifiée. La nuit, des coups sont frappés à la vitre, que rien ne peut expliquer... Et lorsque Maddie croit voir Sarah, une petite fille sauvagement tuée il y a vint-cinq ans, et qu'elle se met à lui parler, Blythe doit tout faire pour comprendre quelle menace rôde autour de son enfant.

Mortel Eden - Heather Graham • N°293

Lorsque Beth découvre un crâne humain sur l'île paradisiaque de Calliope Key, elle comprend immédiatement qu'elle est en danger. Car deux plaisanciers ont déjà disparus, alors qu'ils naviguaient dans les eaux calmes de l'île... Et Keith, un séduisant plongeur, semble très intéressé par sa macabre découverte. Mais peut-elle faire lui confiance et se laisser entraîner dans une aventure à haut risque ?

Visions mortelles - Metsy Hingle • N°294

Lorsque Kelly Santos, grâce à ses dons de médium, a soudain eu la vision d'un meurtre, elle n'a pas hésité à prévenir la police. Personne ne l'a crue... jusqu'à ce que l'on découvre le cadavre, exactement comme elle l'avait prédit. Et qu'un cheveu blond retrouvé sur les lieux du crime, porteur du même ADN que celui de Kelly, ne fasse d'elle le suspect n°1 aux yeux de la police...

Dans les pas du tueur - Sharon Sala • N°295

Cat Dupree n'a jamais oublié le meurtre de son père, égorgé lorsqu'elle était enfant par un homme au visage tatoué. Depuis, elle a reconstruit sa vie – mais tout s'écroule quand Marsha, sa meilleure amie, disparaît sans laisser de trace. Seul indice : un message téléphonique, qui ne laisse entendre que le bruit d'un hélicoptère... Un appel au secours ? Cette fois-ci, Cat ne laissera pas le mal détruire la vie de celle qu'elle aime comme une sœur.

BEST SELLERS

Le sang du silence - Christiane Heggan • N°296

13 juin 1986. New Hope, Pennsylvanie. Deux hommes violent, tuent puis enterrent une jeune fille du nom de Felicia. La police incarcère un simple d'esprit. Les rumeurs prennent fin dans la petite ville.
9 octobre 2006. Grace McKenzie, conservateur de musée à Washington, apprend que son ancien petit ami, Steven, vient d'être assassiné à New Hope, où il tenait une galerie d'art. Elle va découvrir, avec l'aide de Matt, un agent du FBI originaire de la petite ville, qu'un silence suspect recouvre les deux crimes... et qu'un terrible lien les unit, enfoui dans le passé de New Hope.

Le donjon des aigles - Margaret Moore • N°297

La petite Constance de Marmont a tout juste cinq ans lorsque, devenue orpheline, elle est fiancée par son oncle au jeune Merrick, fils d'un puissant seigneur des environs. La fillette est aussitôt emmenée chez ce dernier, au château de Tregellas, où sa vie prend figure de cauchemar. Maltraitée par son hôte, William le Mauvais, Constance l'est également par Merrick, qui fait d'elle son souffre-douleur jusqu'à ce que, à l'adolescence, il quitte le château pour commencer son apprentissage de chevalier.
Des années plus tard, Merrick, devenu le nouveau maître de Tregellas, revient prendre possession de son fief — et de sa promise...

Hasard et passion - Debbie Macomber • N°150 *(réédition)*

Venue au mariage de sa meilleure amie Lindsay à Buffalo Valley, Maddy Washburn décide, comme cette dernière, de s'installer dans la petite ville. Une fois de plus, les habitants voient avec surprise une jeune femme ravissante et dynamique rejoindre leur paisible communauté. Ils ignorent que Maddy est à bout de forces, le cœur déchiré par ses expériences du passé... Seul Jeb McKenna, un homme farouche qui vit replié sur ses terres, peut la pousser à se battre et à croire à nouveau en l'existence.

Titres non disponibles au Québec.

ABONNEMENT...ABONNEMENT...ABONNEMENT...

ABONNEZ-VOUS!
2 romans gratuits*
+ 1 bijou
+ 1 cadeau surprise

Choisissez parmi les collections suivantes

AZUR : La force d'une rencontre, l'intensité de la passion.
6 romans de 160 pages par mois. 22,48 € le colis, frais de port inclus.
BLANCHE : Passions et ambitions dans l'univers médical.
3 volumes doubles de 320 pages par mois. 18,76 € le colis, frais de port inclus.
LES HISTORIQUES : Le tourbillon de l'Histoire, le souffle de la passion.
3 romans de 352 pages par mois. 18,76 € le colis, frais de port inclus.
AUDACE : Sexy, impertinent, osé.
2 romans de 224 pages par mois. 11,24 € le colis, frais de port inclus.
HORIZON : La magie du rêve et de l'amour.
4 romans en gros caractères de 224 pages par mois. 16,18 € le colis, frais de port inclus.
BEST-SELLERS : Des romans à grand succès, riches en action, émotion et suspense.
3 romans de plus de 350 pages par mois. 21,31 € le colis, frais de port inclus.
MIRA : Une sélection des meilleurs titres du suspense en grand format.
2 romans grand format de plus de 400 pages par mois. 23,30 € le colis, frais de port inclus.
JADE : Une collection féminine et élégante en grand format.
2 romans grand format de plus de 400 pages par mois. 23,30 € le colis, frais de port inclus.

Attention: certains titres Mira et Jade sont déjà parus dans la collection Best-Sellers.

NOUVELLES COLLECTIONS

PRELUD' : Tout le romanesque des grandes histoires d'amour.
4 romans de 352 pages par mois. 21,30 € le colis, frais de port inclus.
PASSIONS : Jeux d'amour et de séduction.
3 volumes doubles de 480 pages par mois. 19,45 € le colis, frais de port inclus.
BLACK ROSE : Des histoires palpitantes où énigme, mystère et amour s'entremêlent.
3 romans de 384 et 512 pages par mois. 18,50 € le colis, frais de port inclus.

VOS AVANTAGES EXCLUSIFS

1. Une totale liberté
Vous n'avez aucune obligation d'achat. Vous avez 10 jours pour consulter les livres et décider ensuite de les garder ou de nous les retourner.

2. Une économie de 5%
Vous bénéficiez d'une remise de 5% sur le prix de vente public.

3. Les livres en avant-première
Les romans que nous vous envoyons, dès le premier colis payant, sont des inédits de la collection choisie. Nous vous les expédions avant même leur sortie dans le commerce.

ABONNEMENT...ABONNEMENT...ABONNEMENT...

Oui, je désire profiter de votre offre exceptionnelle. J'ai bien noté que je recevrai d'abord gratuitement un colis de 2 romans* ainsi que 2 cadeaux. Ensuite, je recevrai un colis payant de romans inédits régulièrement.

Je choisis la collection que je souhaite recevoir :

(cochez la case de votre choix)

- ❏ **AZUR** : Z7ZF56
- ❏ **BLANCHE** : B7ZF53
- ❏ **LES HISTORIQUES** : H7ZF53
- ❏ **AUDACE** : U7ZF52
- ❏ **HORIZON** : O7ZF54
- ❏ **BEST-SELLERS** : E7ZF53
- ❏ **MIRA** : M7ZF52
- ❏ **JADE** : J7ZF52
- ❏ **PRELUD'** : A7ZF54
- ❏ **PASSIONS** : R7ZF53
- ❏ **BLACK ROSE** : I7ZF53

*sauf pour les collections Jade et Mira = 1 livre gratuit.

Renvoyez ce bon à : Service Lectrices HARLEQUIN
BP 20008 - 59718 LILLE CEDEX 9.

N° d'abonnée Harlequin (si vous en avez un) ⎵⎵⎵⎵⎵⎵⎵⎵

Mme ❏   Mlle ❏   NOM _____

Prénom _____

Adresse _____

Code Postal ⎵⎵⎵⎵⎵   Ville _____

Le Service Lectrices est à votre écoute au **01.45.82.44.26**
du lundi au jeudi de 9h à 17h et le vendredi de 9h à 15h.

Conformément à la loi Informatique et Libertés du 6 janvier 1978, vous disposez d'un droit d'accès et de rectification aux données personnelles vous concernant. Vos réponses sont indispensables pour mieux vous servir. Par notre intermédiaire, vous pouvez être amené à recevoir des propositions d'autres entreprises. Si vous ne le souhaitez pas, il vous suffit de nous écrire en nous indiquant vos nom, prénom, adresse et si possible votre référence client. Vous recevrez votre commande environ 20 jours après réception de ce bon. Date limite : 31 décembre 2007.

Offre réservée à la France métropolitaine, soumise à acceptation et limitée à 2 collections par foyer.

Composé et édité par les
*éditions*Harlequin
Achevé d'imprimer en mai 2007

par

LIBERDÚPLEX

Dépôt légal : juin 2007
N° d'éditeur : 12825

Imprimé en Espagne